③ 剑啸火云山

四海为仙

管平潮 ◎ 著

浙江文艺出版社
Zhejiang Literature & Art Publishing House

目 录

第一章
飞鸟忘机，暂安陶然之乐

琼容意外寻来之事，张小言原来担着好大的心，没想到很轻松地就尘埃落定了。

现在，已是入夏时节，小言便在四海堂侧屋之中安了一张竹榻，布置成琼容的居室。

第二天清早，在冷泉洗漱过后，小言便咳嗽一声，一本正经地对脸上还湿漉漉的琼容说道："咳咳，琼容啊，今儿个便是你正式加入我这四海堂的第一天。唔，本堂主今日便先来教你一样法术，也省得以后出去行走江湖之时，你被别人欺负！"

"好啊好啊！堂主哥哥要教琼容什么法术呢？"

"这法术嘛，你曾亲眼见过——"

"咦？亲眼见过？"琼容稍一思忖，便叫了出来，"呀！哥哥是不是要教我那冻人的法子？"

"哈哈，正是！不过那不叫冻人的法子，它叫——"

刚要说出"冰心结"三字时，小言只见眼前的小女孩将胳臂一挥，然后仰着小脸向他问道："堂主哥哥，是这个法术吗？"

"……"

小言一时没有应答。因为,他看到眼前刚刚还在汩汩流动的冷泉,现在已经被冻成了冰凌。岩间后续的泉水,顺着这片冰凌流淌下来,很快便为寒气所凝,又在上面结成晶莹剔透的冰柱。

"是这样的吗?"

"呃……好像是的。原来琼容已经会了啊?哈!"没能当成师父的小言,尴尬地打着哈哈。

蓦地,他又想起那日那个在罗阳街头被淋成落汤鸡一般的赵一棍,便问正兴高采烈的琼容:"琼容,那日在罗阳街上,淋得舞棍之人一身水,你也是使了法术吧?"

"嘻嘻……是啊!原来都被哥哥看到了呀。"

小女孩有些不好意思,一脸笑意,那双眼睛又笑成了两弯细细的新月。

"你是怎么做到的呢?"

"怎么做到的……嗯!好像我眯着眼睛想一下,就可以了!"

"就这样?"小言颇有些怀疑。

"是呀!不信我想给你看!"

见堂主哥哥有些不相信,琼容便有些着急,然后——

在琼容话音刚落之时,小言突然听到身后轰的一声,回头一看,就看到石坪之上凭空腾起一大片火焰,在那儿烧得正旺盛!火势甚烈,火舌熊熊蔓延,把小言吓得往旁边跳了一跳!

"呀!快灭掉,小心烧到旁边林子里!"

"嗯,好呀!"

就在小言赶紧驱动太华道力,着忙地融着被冻成冰的泉水时,却见放火之人眨了眨眼睛,于是那片烧得正欢的火场上方,便突然毫无征兆地从空中浇下一大股清水来！只听哗啦一声，便将烧得正旺的大火一下子浇灭了！

见此情景，小言突然间恍然大悟："呃……我终于明白为什么那天那个在一旁帮着数数的裁判之人，也被浇得像落汤鸡一般了。原来这调皮小丫头真正泼出去的清水，大都被反弹到了那个帮闲之人身上！这么看来，那个'水泼不进'的赵一棍，倒真有一身不俗的功夫，只是不太走运，偏偏遇上顽皮的小琼容！"

想到这儿，小言倒觉得有必要提醒一下这个天真烂漫的小姑娘。

小言认真地跟琼容交代，嘱咐她以后在上清宫中，不要轻易使出那些个奇奇怪怪的法术来。若实在有必要施法，便尽量只用方才那一招冻人术好了。这样的话，若是事后有人问起，也好有个说法。

交代过这些以后，他这个四海堂堂主便虚心地跟小姑娘请教起来，问她方才那些个神奇的生水引火法术，到底是怎么施展出来的。

很可惜，虽然琼容觉得好不容易有件事可以帮到哥哥，在那儿努力地讲授自己的施法心得，但她这位用心听讲的堂主哥哥聚精会神地听了好半天之后，才无奈地发现，琼容开始时说的都是实话。琼容真的只是稍微凝神想一想，便想出了那真真切切的一大片火、一大股水来。但具体如何施法，这个小女孩却始终说不清楚。

跟着琼容，练习了半天如何正确眯眼之后，小言终于清醒地认识到：琼容真的是天赋异禀，就自己这资质，看来是拍马都难及了！

想通此节，他这个虚心的求教者便很坦然地接受了这个事实，承认自己学习失败。

但让他万万料不到的是，他这个自认驽钝的学生无所谓，那个敬业的"授业老师"却是一时接受不了这个现实，一双明眸之中竟盈满了汪汪的泪水，似乎快要哭出声来了！

见此情形，小言只好使出浑身解数，好不容易才哄得小姑娘开心起来。这之后，他让琼容在千鸟崖上玩着，自己则换了一身便装，急急赶到传罗集镇上买了几件女孩的衣物。琼容原来那身衣裳，因为昼夜行走于山林之间，早就褴褛不堪，已是不能再穿了。

现在，小言清修之地千鸟崖上的风景还与往日一样清幽。但自从琼容意外寻来之后，这儿便热闹了许多。原先小言在袖云亭旁吹笛解闷之时，也就只有鸟雀相伴。而现在，在小言左右除飞舞的鸟雀之外，又多了一个琼容。

本来为了谋求衣食，小言才熟悉的吹笛之术，现在有了玉笛神雪的帮助，加上他已能抽取那两首神曲曲中之意，吹出自己想要的效果来，所以每到夕阳西下，漫天霞彩映在千鸟崖上之时，小言便会站在石坪之上，和着高崖上的清风，随心所欲地吹上一阵婉转悠扬的笛曲。

模仿《风水引》，他将自己吹的这支曲子称为《百鸟引》。这曲《百鸟引》并无确定的曲谱，只有确定的曲意。但只要将《百鸟引》吹出来，便会引得附近山野间本应归林的鸟雀在他身边盘旋飞舞！远远望去，便见罗浮洞天中许多奇禽异鸟在千鸟崖上的霞光中翩翩旋舞，且翔且集，真似传说中的"百鸟朝凤"一般。

在这群翩跹翔聚的鸟雀之中，现在又多出了一个灵动的身影。每当小言吹笛之时，琼容便等到了她一天之中最为开心的时刻。这个天真无邪的小女孩，总会随着漫天翔舞的夕鸟，和着小言的笛音，一起嬉戏、追逐……每当这时，这个岩身石壁被晚霞映成金黄之色的千鸟崖，便真的成了名副其实的千鸟之崖。正是：

有酒陪云醉，

壶空伴剑眠。

欹枕烟霞日,

不忍算流年。

山中的日子,便这样一天天热闹而悠然地流逝。

似乎山中的岁月会这样一直平淡无奇地继续下去。直到有一天,四海堂堂主小言下山巡查上清宫田产之时,听得农人说起,上清宫所在的罗浮山脚下,近来竟有蛇妖出没!

第二章
冰光幻灭，转瞬妖魂之影

这一天，又到了小言下山巡查田产的日子。

说起来，罗浮山下的千顷良田，对上清宫来说颇为重要。上清宫与佃户之间关系向来不错，所以巡查田产的差事，实际上基本无事可做。

为了避盛夏的日头，小言寻得一处树荫坐下，半倚在树干上歇息。虽然间有斑驳的日影透过枝叶映在他身上，但坐在绿荫里，经田野间的清风一吹，着实惬意。

小言在树底下纳凉，跟他一起来的琼容小姑娘却一时也闲不下来，正在田间地头玩得起劲，一会儿采采田埂边的野花，一会儿又蹦蹦跳跳地去追逐蝴蝶。在追逐跑跳之时，琼容头上扎着的两条鲜红丝带，不住地随风飘飞，宛若蹁跹的彩蝶，在浓绿之中盘旋飞舞。奔舞之间，小姑娘红扑扑的嫩脸上沁出点点汗珠，似粉荷上滑动着晶莹露珠一般。

看着琼容无忧无虑的活泼身姿，小言脸上也不觉现出一丝笑意，心中想道："这小姑娘倒是精神十足，也不怕天气炎热。"

正当他看着琼容玩耍，享受着绿野凉风，无比闲适之时，忽听得有人说道："唉，真是怪事！竟有妖怪敢来罗浮山下作乱！"

小言闻声转头，见说话之人是一个年纪不算太大的农夫，也来到这四五棵大树遮成的绿荫下歇脚，一把铁锸正搁在身旁。

"妖怪？"正无聊的小言听得农夫这么一说，立马便来了兴趣。

"是啊！这位小道爷还没听到风声？"

"没听说。"

现在已近正午，虽然天上有片片缕缕的流云，但头顶的日头还是颇烈，农夫便安心在这儿歇脚。见有人搭茬，他自然是有问必答，将近来村中的大事一五一十地说给小言听。

原来，因为上清宫的缘故，罗浮山脚下向来景气清和，从无妖怪作乱。近日不知怎的，竟有一只蛇妖在附近出没，据说还伤了几个人。这妖怪来罗浮山下捣乱，倒真些太岁头上动土的意思了。

刚听农夫说起时，小言还以为这只不过是乡间捕风捉影的传闻罢了。但农夫言之凿凿，说他们村中已有好几人被蛇妖袭击，还受伤不轻。然后，他便向小言描述了蛇妖的可怕样貌，说它眼若铜铃，身如巨木，长得无比吓人。那诸般景象，虽只是旁人见得，但他说得绘声绘色，倒似是亲见一般。

虽然他说得活灵活现，言语间又常常赌咒发誓，但小言心中还存着些疑问，问道："既然有蛇妖伤人，那你们为何没请我上清宫的道人，来降伏妖怪？我上清宫中可是有不少法力高强之人哦！"

"唉，这个我们也想到了，也曾央得贵教的几位道爷来！"

"哦？结果如何？"

"唉！"只听他重重叹了一声，道，"一样没用。没承想那蛇妖竟如此狡猾，见有上清宫道人在此，便只晓得躲在自家洞里，再也不肯出来！"

"是吗？呵！这些成精之物，倒是蛮有灵性。"听得农夫的叙说，小言想起数月前饶州祝宅之中的榆木凳妖来。

"看来，今天那蛇妖也不会出来了。"上清宫的少年道长小言随便说了一句。

"那可说不定。"旁边农夫也是无心地应了一声。

待两人都反应过来后，农夫倒有几分尴尬，讪讪道："虽说道爷您年纪不大，但毕竟也是从罗浮山上下来的。有您稳坐在此，那妖物自然是不敢……"

话刚说到这儿，农夫却突然停住，因为此时两人都听到，在时鸣时歇的夏蝉声中，竟隐隐有女子呼救之声传来："蛇妖……救命……"

断断续续的呼救声，顺着风声清晰地传到这两个闲谈之人耳中。

听得呼救声，小言猛然一惊，抬头一看，却见原本在附近嬉戏的琼容现在已不见了踪影！

霎时，小言似被蝎子蜇了一般，一下子跳了起来，抓起农夫那把铁锸，便朝呼救声传来之处风一般地冲了过去！

"琼容素有异能，应该不会轻易就被蛇妖伤到吧?"小言一边发力急奔，一边安慰自己。

虽然极力让自己宽心，但离那断续的呼救声越来越近，小言那颗心也揪得越来越紧，完全没心思去细细查勘呼救之声到底是不是琼容的。

等奔到近前，心急火燎的小言才发觉，前面不远处那个呼救之人并不是自己的琼容妹妹。

就在距他数十步开外的一片林边空地上，有一个荆钗布裙的年轻女子在不停地挣扎呼救，女子身上正盘踞着一条胳膊粗的黑色蟒蛇，蟒蛇还在不停地收缩绞动！

见此情景，小言那颗高悬的心反而放了下来。虽然蟒蛇看起来块头不小，但对小言这个山里出身的少年来说，这样的蟒蛇并不罕见。

"惭愧！倒虚惊了一场，还真以为是啥蛇妖。原来只是这样的蛇虫！"小言父亲便是猎户，小言对这种捕蛇事体，自是也颇为熟悉。当即，他便将手中铁锸搁在一旁，然后专捡被日光晒得滚烫的地面走，不动声色地一步一步挪了过去。

那条蟒蛇在小言靠近之时，似乎毫无察觉，只顾在那里死缠着那个女子。

离蟒蛇还有四五步远，正在轻轻靠近的小言便停了下来，略略打量了一下眼前蟒蛇所在的方位，他突然一个箭步急蹿了上去，手掌大张，一下子便准确地掐在蟒蛇的七寸之处！

也许在旁人眼中，小言这番举动有些惊险莽撞，但正所谓会者不难，小言方才这一连串动作尽皆拿捏得恰到好处，分毫不差。现在，他的右手掌正死死扼住蟒蛇的七寸，左手则紧紧抓住圆滚滚的蛇身，两手一起使力，将它从女子身上剥离。

这条浑身黑鳞的大蟒，虽然百般作势，回头张嘴要咬小言，以摆脱眼前的困境，但很不幸的是，它最紧要的颌根七寸之处已被大力的小言死死掐住，任它如何扭摆，却也是伤不得小言分毫。

眼见大蟒被自己牢牢擒住，小言也安下心来。回头看看那个满面尘土的女子，似乎已经被吓得说不出话来。小言便以格外温和的语气，婉言宽慰道："这位大姐，现在已经没事了。这条大蟒已被我擒住。你没有受伤吧？"

刚说到这儿，却见那个已被惊呆的女子似乎突然醒悟过来，然后便在小言惊讶的目光中，一下子跪在地上，悲凄地说道："多谢道长相救！小女子家中之人，都已被这蛇妖害死，小女子现已是无依无靠，想求道长再发发善心……"

"蛇妖？"

小言听得女子突如其来的恳求，有些不知所措，却没注意到，他手中那条大蟒正死死盯着自己，竟似在细细地打量！而现在，小言本就清俊的面容显得蔼然可亲，更是散发出一种难以言喻的温雅冲和之气。

"道长大恩，小女子无以为报，只愿为奴为婢……"女子似乎也有些不谙世情，小言手中还擒着那条大蟒，她便急于向他谢恩。正有些手足无措的小言突然觉得，手中这条已被自己牢牢擒住的大蟒竟剧烈地颤动起来！等他低头看时，却发现大蟒的身躯竟在不住地膨大！

还没等在场的两人反应过来，便见原本只有胳膊粗的大蟒已然变得水桶粗细！

"不好！真是蛇妖！"

还没等小言反应过来，便见巨蟒轻轻一挣，便已脱离了小言的控制。原本间杂着白色花纹的黑色蟒头上突然间竟幻化出一个男子的脸！男子嘴角两边，伸出两颗闪着白光的尖锐牙齿，让蛇妖苍白的脸显得无比妖异恐怖！

突然变幻的蛇妖，似发狂一般，将头乱摆，脸上的神色说不出的狰狞可怖，吐字不清地狂喊道："可恶的人……都给我……去死！"

然后，它便张开血盆大口，扬起两颗锐利的牙齿，向小言咬来！

乍逢剧变，虽然尽皆震惶，但小言比那女子更先反应过来。见蛇妖面目狰狞地咬来，小言赶紧将头一偏，避了过去。只不过，虽然没让蛇妖伤着脸，但蛇妖撕咬的速度实在太快，小言只来得及堪堪一让，却被蛇妖死死地咬在了左肩之上！

刹那间，小言觉得左肩一阵剧痛，然后便觉得有一种酥麻之感裹挟着一股异常阴冷冰寒的气息朝全身流去……

"原来并不是无毒的蟒蛇！"

虽然剧痛攻心，但小言并没有慌乱，他奋力一掌，便拍掉了正咬在肩膀上的蛇妖，然后迅疾发动冰心结的法术朝蛇妖攻去。

冰气及身之时，蛇妖明显一滞，动作也变得缓慢起来。但和上次杜紫薇中招不同，蛇妖十分顽强，虽然中了法术，但并没立即便被冻结，而是奋力将水桶粗的蛇身死死缠在小言身上，并且越勒越紧，脸上的神情也是越发狂乱狰狞起来！

那一刻，一股阴冷凶狠的妖异气息，如潮水般涌来，似要将小言灭顶淹没……

就在千钧一发之时，奋力抗拒蛇妖缠身的小言觉得身体里那股太华道力不待召唤便自行流转起来。

正如小言这些天来每晚在千鸟崖上所做的功课一般，这股太华道力正将潮水般涌来的妖气吸收、炼化……比起吸化罗浮洞天中的天地元灵，现在的炼化更加迅疾，一下子便将汹涌而来的妖气吸得一干二净！

但太华道力的炼化，并没有就此终结。待将小言体内那股气势汹汹的妖气吸收殆尽之后，太华道力又倒卷过去，开始将蛇妖身体里那些狂乱之气吸化、抽离……

这一切，虽然只是发生在一瞬间，但对于正陷于狂乱的蛇妖来说却是那么漫长。

不过这样一来，被蛇妖缠身的小言顿时解脱了出来。当即，小言便觉得身上一松，似乎身上这个正死力盘缠的蛇妖的力道一下子小了许多。

小言心思何等敏捷，当即就已反应过来，值此性命攸关的紧要关头，顾不得想太多，赶紧凝神屏气，专心运转起"炼神化虚"之术。

却见正自狂乱不已的蛇妖，随着小言开始全神贯注运用"炼神化虚"之术，脸上原本无比狰狞凶悍的神色，突然间变得万般恐惧。然后，便听它喉头呼呼作响，只来得及喊得一句"噬魂"，便化成了一座僵直的冰雕。

虽然见蛇妖成了冰雕，但小言及时吸取了方才的教训，仍不敢松懈，还在那儿继续施用"炼神化虚"之术。

正在此时，小言耳中忽听得一声娇喝，然后便觉得眼前红光一闪，一道影子如旋风刮过，凝神一瞧，却见眼前原本还有一丝细微颤动的蛇妖已碎成了千块万块。

待旋风般的红影落定，小言才看清击碎蛇妖之人，正是一直在别处玩耍的小琼容。此刻，小姑娘宛若粉荷的俏脸上竟带着几分愤怒凶猛之色。

"呵，你来——"

见危机已然过去，小言正要说话，突然觉得眼前一黑，然后便倒落在尘埃里……

在遥远深邃的黑暗里，似乎有人在呼唤着自己的名字。

"就要死了吗?"带着最后一个念头，小言坠入了无穷无尽的黑暗之中……

第三章
白玉除毒，芳气清入肌骨

小言悠悠地睁开双眼，头顶上纯蓝的天空中飘浮着朵朵白云，便似罗浮山中皑皑的雪峰。

"好蓝的天空啊。咦？我刚才不是睡着了吗？"

小言突然发现自己正仰面朝天躺在草地上，旁边几株小草的草叶正随风拂在自己的脸颊上，让他觉得痒痒的。这样舒服地躺在草坪上，便似刚刚睡醒。他似乎还做了一个离奇的梦。

正当小言呼吸着芳醇的草叶清气之时，头顶的蓝天上蓦地探入一个小姑娘的小脑袋，正自又惊又喜地对他说道："小言哥哥，你真的醒了吗？"

"呵！是琼容啊。中午好啊！"

"中午好！咦？哥哥啊，这时候还来逗我！肩膀上还疼吗？"

"肩膀？"

听琼容这么一说，小言觉得有些奇怪，一下子便坐了起来，转头向自己两肩看了看。

怪了，除了左肩上的薄布坎肩破了一个洞以外，其他并没有什么异样。

他前后左右耸了耸肩膀，还是没有丝毫异状。

"不觉得疼啊！唉，真是不小心，怎么就挂破了个洞！"

小言正自心疼，定神一看，却发现旁边的草丛中还跪着一个不认识的年轻女子，正一动不动地呆呆看着自己。

"谢天谢地！"听小言这么一说，刚才还有些惊疑不定的小琼容立即笑逐颜开，小手抚着胸口，长长吁了一口气，"原来那块好看的石头，真的医好了哥哥中的蛇毒！"

"那个大蛇妖真是可恶！"刚才还欣喜非常的小姑娘，不知道想到了什么，脸上又现出一副愤怒的神色。

"大蛇？妖？"一听这两个词，方才还在浑浑噩噩的小言想了一下，便很快想起了之前发生的一切。

"我、我刚才不是死了吗？怎么又活过来了？还有这肩膀上的伤口……怎么不见了？琼容，是你救了我吗？"

记起之前事情的小言大为迷惑，特别是对连个伤疤都没有的左肩，更是不能理解，正一迭声地朝琼容小妹妹发问。

"不是琼容……是这块好看的白石头救了哥哥！"

"嗯？石头?！"

看着小言迷惑不解的神情，琼容便连说带比画地将方才发生的事跟小言说了一遍。

原来，琼容击碎蛇妖之后，还没来得及问小言出了什么事，便看到哥哥一下子软倒在地上，左肩被蛇妖咬过的地方开始汩汩地渗出黑血来。

见此情景，小女孩顿时惊慌失措，赶紧凑过去察看伤口。

靠近被蛇妖咬中的地方，琼容只觉得一股冰寒阴冷之气扑面袭来——正是小言体内的蛇毒发作了！

虽然这个经历单纯的小女孩以前从无任何处理蛇毒的经验，但心急之

下,她本能地便想用嘴替哥哥吮吸出黑色的毒血来。她想,这些黑黑的毒血流干净了,哥哥也就会没事了吧?

正当琼容俯下身去,准备吮吸毒血之时,却异变陡生。只见眼前不省人事的小言怀中,突然间透出了亮光,似正自小言怀中升起一只小小的月轮,熠熠辉耀着乳白色的光华。

当时头顶上正有一块云彩飘过,遮住了日头。在暗暗的云影里,琼容看得分明,小言怀中有丝丝缕缕的柔和白光从衣衫里透射出来,然后一齐汇聚到他左肩上的伤口中。

在白光触及伤口之时,正在不断渗出的黑血中便似一条条微小的黑气,顺着丝丝缕缕的白色光华被源源不断地吸了出来。

见此情景,琼容一动也不敢动,生怕打扰了那道正在吸出毒气的白光。

很显然,哥哥怀中一定有什么宝物正在替他疗伤。

在小姑娘目不转睛的注视中,小言伤口中被吸出的黑气由刚开始的浓重深黑,逐渐变得浅淡稀薄起来。又过了一会儿,便见伤口之上,已经不再有黑气冒出。就在黑气完全稀淡消失不见时,那个已然只有鲜红血液微微渗出的伤口,在那道柔和白光的辉映下,竟然自行愈合了!

小言左肩上原本深深的蛇齿伤口处,已经看不出任何受伤的痕迹,就连疤痕都没有一个!

随着伤口的愈合,从小言怀里发出的那道白光,便在他已然恢复均匀的呼吸声中逐渐暗淡,然后消失得无影无踪。

待白光完全看不见了,琼容才敢再次摸了摸小言的额头,她发现哥哥的额头,已从之前如同冰块一样的寒凉重又变得温暖如常。

就在跟小言叙说刚才情景之时,小姑娘仍是心有余悸。当想到哥哥刚才差点就死掉了,自己却没能帮上什么忙时,见哥哥转危为安已然高兴起来的琼容,突然间又莫名地难过起来。说着说着,语调之中竟带了哭腔,双眼之中更是一阵波光闪动。

见此情景,小言赶紧岔开话题,问道:"你刚才说的那个能发白光的石头……是这个吗?"

说话间,小言双指夹起一物,向琼容晃了晃。那个琼容口中替自己吸净毒气的石头,不是别的,正是之前小盈临别之时从自己脖颈上解下,赠给他的贴身玉佩。

自那次分别之后,这块玉佩便一直戴在小言的颈上,从不曾解下。现在,这块玉佩依然是那样圆润晶莹,玉面上微微泛着碧色的光泽。无论如何都看不出,这块入手清凉、晶润嫣然的玉石,方才竟救了自己一命!

直到此时,小言才知道,曾在鄱阳湖险恶风波中与自己同生共死过的小盈送给自己的,是何等珍贵之物。

似突然发现了一件以前自己从没留意过的重要事情,小言紧紧握着这块玉佩,一时竟怔在那里,愣愣地出起神来。

就在小言出神之际,那个在旁边一直跪着的女子在地上膝行了几步,挪到小言跟前,道:"多赖恩公搭救!天幸恩公无事,否则小女子便是万死也不能恕罪!"说着,便深深地拜伏下去。

"姑娘不必多礼。惩强扶弱,救危济困,本来便是我辈男儿应做之事。快快请起吧!"见此情景,小言站起身来,便要去搀跪倒在地的女子。

却见那女子突然间哭泣起来,悲声说道:"恩公,小女子本是粤州常平人氏。只因家中困顿,无法过活,便与爹娘一道来投奔住在传罗县内的远房叔伯,谁知,因多年未通音信,竟不知这一支远亲早已消散多年。与爹娘正要回常平,却不想在这路上,爹娘二人竟都被这蛇妖害死……"

说到这儿,女子泪下如雨,待哭得一阵,才又哽咽着继续说道:"若不是恩公相救,奴家方才也必将葬身蛇口。小女子现已无依无靠,只愿恩公怜我弱质,收留此身。我愿为奴为婢,也好略报恩公大恩大德!"

"哦?"听得女子这一番情辞恳切的求告,小言并未很快作答,却在那儿沉吟起来。

琼容小姑娘见女子泪水涟涟,早已大动恻隐之心,再想想自己以前不也是这样无依无靠吗?当下,琼容小小的心里,便觉得自己与这个可怜的大姐姐竟是如此同病相怜!只是,一向和蔼可亲的小言哥哥,听了这个大姐姐方才这番声泪俱下的凄惨求告,一时间竟似无动于衷,又开始在那里发起呆来。

"哥哥莫不是还没有恢复过来?"心思单纯的小姑娘这样想着,便准备开口替可怜的姐姐求情。

正在此时,却听自己的堂主哥哥已然开口:"这位大姐,莫忙悲伤,请先答我一言:为何你在蛇妖未曾显露真身之前,便称它为妖?"

听得小言这句语气平静的问话,女子稍稍愣了一下,然后用依旧凄楚的语调回答道:"恩公有所不知,我爹娘遇害之时,小女子正从附近人家讨水回来,曾远远亲眼见得蛇妖的真面目……"

说到这儿,年轻女子又自嘤嘤地哭泣起来。

"哦……是吗?"这话刚一出口,却见正站在女子面前的小言突然出手如电,一把便将地上跪着的女子脖颈掐住。

"哥哥!你这是?!"琼容大惊。

小言并不答话,只是满脸凝重地一动不动,而那个脖颈被掐住的女子身躯颤抖,显然是被小言出其不意的举动吓得不知所措。

"哥哥在干什么呢?嗯,哥哥这么做,一定有哥哥的道理。只是琼容好想知道为什么呀!"

正当琼容无比好奇之时,却见小言哥哥掐住女子脖颈的右手已经松开,缓缓缩了回去,脸上还露出一种怪怪的神情。琼容却不知道,小言脸上露出的正是叫作尴尬的神色。

原来,方才虽然听得女子的解释颇为合理,但小言心中还是颇有疑窦。当下,他便决定出其不意地出手,运转太华道力去试探女子身上是否也有狂乱的妖气。经得几次历练,特别是降伏榆木凳妖还有刚才的蛇妖之后,小言心下已有几分明白,自己这太华道力恐怕正能克制世间的妖气。

这试探法,他想得倒是无比完美,但令他万分尴尬的是,刚才他这一出手,非但没能识出一丝一毫的妖气,反而还从女子身上感觉到一股无比清醇的气息,正和自己的太华道力互相应和。这气息,在小盈、灵漪儿,还有小琼容的身上,似乎都有感应到……

正当小言尴尬、琼容不解之时,却见仍然跪在地上的女子突然间大哭起来,泪雨滂沱:"小女子双亲死于蛇妖之口,现下又见疑于恩公,我寇雪宜还有什么面目再留在这世上!"

说着,女子便挣扎着站起身来,环顾左右,似要找一棵大树去撞树自尽。

女子号啕哭声悲凄愁惨,分明是心中郁结,有感而发,听来绝非作伪。

当下,小言暗责自己多心。见女子悲伤异常,竟要去寻短见,小言赶紧往前一步,要将她拉住,却不防身旁又是一道红影闪过!原来,他那满腔爱心的琼容妹妹,早已抢先一步,将这个叫寇雪宜的女子衣襟扯住……

于是,小言下午回到罗浮山飞云顶擅事堂中时,他这位上清宫四海堂堂主又开始了一番登记入册的举动。

第四章
云浸几案，冰纷笔上之花

等一行三人回到千鸟崖上，四海堂的新成员寇雪宜寇姑娘，便去岩间流泉处，就着清寒的泉水濯洗了脸上沾染的灰尘。

待她洗去一脸灰尘之后，刚刚收留她的四海堂少年堂主才发现，眼前这个与自己萍水相逢，可以说是自己顺手救下的落难女子，被一脸烟尘遮住的竟是清丽的面庞。

虽然，寇姑娘现仍是一副荆钗布裙的寻常打扮，但当她亭亭玉立在水声潺潺的冷泉之侧时，却自然流露出一股娟妍清丽之气。这股清隽入骨的神气，与同样清冷寒凉的流泉互相映衬，越发显得她所立之处，清幽非常。

特别是与小盈、灵漪儿还有琼容相比，这位寇雪宜寇姑娘，虽然年岁似乎比自己还稍稍长一些，但举止之间总让人觉得有几分纤弱出尘之态。她宛如玉雪的粉靥上，带着一抹淡淡的凄容，更衬得纤妍清婉的身姿似乎正随着千鸟崖上的清风飘摇浮荡。

并且，寇雪宜正是人如其名，肌肤如冰雪，一股清靓玉白之气直渗入肌理之中。正是：

数点寒泉润蔻柔，

足践轻尘暂淹留。

满树琼香宜雪绽，

半含冰露半含愁……

寇雪宜与大半个月前搬来的琼容一样，也在侧屋中觅得一室安顿了下来。

少不得，第二天小言又换上一身便装，去罗浮山下的传罗集镇上用上次卖符剩下的银钱帮忙置办了一些必要的饰品衣物。琼容素来是丝带束发，小言这次便替她又买了一段鹅黄发带；又略微想了一下寇雪宜的样貌，便替她购置了一袭靛蓝布裙。

蓝布裙虽然是粗布衣衫，但透气性还不错，正宜在夏日山间穿着。靛蓝布裙之上，还用白粉之色染着孔雀曳尾的图案，裙边则是几小片写意兰丛，看起来倒颇有楚地风味。

这也正是小言选它的原因。在价格便宜的前提下，尽量挑选那些韵味别致之物，正是这名饱读诗书的市井少年一贯的购物原则。

临出店门之时，掌柜又向小言大力推销了铺中顺带销售的胭脂水粉，极言其佳，称其颇能添女眷之美。但可惜的是，任掌柜说得再天花乱坠，小言还是没有任何购买意向。这倒不是他吝啬，而是小言凝神想象了一下小琼容宛如脂玉的可爱脸蛋上涂满朱红水粉的样子，当即便差点笑出声来！

这么一来，眼前老板大力推销的效果自然大打折扣，小言自然更是坚辞不买了。这里面的道理，正是"翩翩玉质，妙在无瑕；一染嫣红，便成俗物"。

又过得几天，这一日，永远不知疲倦的小琼容扯着她的雪宜大姐姐，两人结伴去山中摘花觅果去了。两个女孩一走，便显得四海堂中一时间清静非常。

得了这阵空闲，小言便在袖云亭中诵读经书。

看过半卷经书之后，小言觉得有些倦怠，便展目眺望对面山岑间那道潺潺不绝的流瀑，舒缓一下精神。

袖云亭飞挑的亭顶，遮住了夏日的阳光。不时有些微黄的叶片从亭畔树木枝头飘落，随着山风悠然而下，散落在小言面前铺开的经卷上。小言在袖云亭中的石凳上歇着，让横崖而过的清凉山风，吹去自己一身的倦意。

又歇了一阵，正自看着眼前山景之时，便见四海堂中的其他两个成员正从崖前石径上远远地走过来。前面蹦蹦跳跳的，自是琼容灵动的身影；后面那个窈窕从容的身姿，则是端庄谦抑的寇雪宜。

等二人回到崖上，小琼容见自己的小言哥哥正在袖云亭中发呆，便跑到他的身前，献宝似的将她俩在山中采得的那些新鲜果实一一摆在小言身前的石桌上。

这些或红或橙的果实上还闪耀着一些水光，应是她们回来之前，便已在山涧溪水之中预先清洗过了。

琼容在摘寻野果方面，还真有一番不俗的本事。待小言随手拈起一枚果实，放在嘴里轻轻一咬，立即觉得一股香甜醇美的汁液破皮而出，瞬间便布满自己整个舌端。在那甜美的滋味之外，更有一番清新凉爽之气，随着果实汁水的下咽，辗转流过全身，端的让人惬意无比！

品着如此佳味的同时，小言还不忘在咀食间隙，口齿不清地赞美几声。

看到哥哥如此喜欢自己摘来的水果，正在贪吃年纪的小琼容却似是比自己嘴里吃着还要高兴，只管目不转睛地盯着小言哥哥。看着小言咽下舌间最后一口果汁后，琼容便满含期待地问他这个果实味道如何。听她问，小言自是赞不绝口。得到小言肯定的答复之后，小琼容才心满意足地拿起一串果实,到一旁享用去了。

而那位寇雪宜寇姑娘,经得方才那一番赶路,白皙的脸上也现出一丝血色,看在小言眼里,便觉得她现在的样子,不再像往日那般清冷。只不过,她脸上却还是一副漠不经心的模样。

见她只是垂手站在一旁,小言便笑着让她也尝尝这些果实的滋味。

听得堂主相邀,寇姑娘便应了一声:"是。"

淡淡说完这个简单的字,她便随便捡出一个橙色野果,开始轻轻吃起来。

看着寇雪宜还是这般魂不守舍的样子,小言禁不住在心中暗暗叹了口气,心想:"看来,她好像还没能从丧失亲人的痛苦中完全恢复过来。"

也许,这些刻骨铭心的痛苦需要更长的时光,来慢慢消磨、冲淡。

心里这么想着,小言倒有些庆幸当日自己做了一件好事。要是那天不管不顾,那眼前这个弱女子,还不知道要在尘世之中怎样颠沛流离呢。

想到这儿,小言不免又想到了千里来寻自己的琼容,当即便转过头去,看看这个小姑娘。这一瞧不要紧,倒让小言哑然失笑!

原来,与寇雪宜那般端庄的吃法不同,琼容的吃相却很有些饕餮之态。现在小姑娘正倚在亭边栏柱上,将果实咬得汁水横流,溢出唇角,涂在了红扑扑的脸蛋儿上。

少年张小言跟他这个娇憨可爱的琼容小妹妹,还有有着冰清玉洁之气的寇雪宜,在这午后的千鸟崖上,便这样乐融融地吃着清凉香甜的野果,任山风拂面,任日光西移,一时间倒也是无比陶然适意。

这日傍晚,夕阳西下、云霞满天之时,小言觉得兴致颇高,便取出自己的玉笛神雪,开始吹奏起婉转悠扬的笛曲来。

在这夕鸟归巢之时,小言吹奏的自然又是那并无确切曲谱的自创曲子

《百鸟引》。

在清逸爽滑的笛音中,间或跳动着串串清冷的音符,在空灵之处轻盈闪动,若有若无,便似天上仙禽的鸣唱一般。

闻得小言玉笛中流淌而出的曲意,那些正结群盘旋于附近山峦林木上空的鸟雀,又呼朋引伴一般,飞集到千鸟崖上,随着小言玉笛曲调的高低婉转,在他身边追翎衔尾,翩翩翔舞。

眼前鸟雀翔集的场面,小琼容早已见怪不怪。

见哥哥又吹起引鸟的笛子,小姑娘便闻声而至,颠儿颠儿地跑来,只管在小言身边与这些鸟雀一起追逐翔舞。在追跑雀跃之间,琼容竟也能身轻如燕,常常仿着鸟雀翔舞的姿态,在半空中转折滑翔,似肋间生了双翅一般。

琼容束发的丝带在身后荡荡悠悠,随风流动,就像飘逸的凤凰尾羽。琼容这番凌空浮转的姿态,倒颇像游侠列传中所描摹的技击之舞。

千鸟崖上这般千鸟翔集的景象,对入山不久的寇雪宜来说,却是头一回瞧见。因此,站在旁边听笛的她见着这一幅人与鸟共存共舞的和谐景象时,脸上便现出无比惊奇的神色。

寇雪宜那双向来都似静澜止水的明眸之中,也开始漾动起一丝迷惑不解的光芒。

待小言一曲吹毕,琼容便跟那些鸟儿雀儿,呢喃着只有彼此之间才能理解的话,似乎正在那里依依不舍地道别。

小言瞧得有趣,便一本正经地问她:"妹妹啊,你在跟你的鸟儿朋友说什么呢?"

"嘻!我在嘱咐它们呢!"

"哦?嘱咐什么呀?"

"我刚告诉它们,等下次哥哥再吹曲子时,一定要记得再来和琼容一起听!"

说这话时,小女孩的语气很是郑重其事。

瞧着小琼容这副天真无邪的模样,一股怜爱之情自小言心中油然而生。

正想接着跟小丫头打趣之时,却忽听素来较少说话的寇雪宜,用略显生涩的语调问道:"这些鸟……为何不怕人捉?"

言语之间,颇有些迟疑之态。

寇雪宜这句问询传到小言耳中,让他颇有些惊讶。倒不是她的问话令人匪夷所思,而是因为自那日求自己收留她之后,在平常的日子里,这位寇雪宜寇姑娘便几乎没怎么主动跟他说过话。

"是啊!小言哥哥,为什么呀?"听雪宜姐姐这么问,旁边的小琼容也附和着发言,一脸期待地等着小言哥哥的回答。其实,小丫头跟这些鸟儿,不知道沟通得有多好!

既然平时难得主动说话的寇雪宜开口问询,小言便打起了十足的精神,字斟句酌,将"百鸟引"之术的个中含义,用她们较能理解的方式解答起来:"我所吹的这笛曲里,含有与那些禽鸟沟通之意。吹出这个曲子,只不过是为了将这意思告诉给那些鸟雀。

"这首笛曲,其实并没有确定的谱调。因为若要取得那些鸟雀的信任,最重要的便是要消歇机心,敞开胸怀,告诉山中的归鸟,我要与它们同忧同喜,同栖同飞,同沐漫天的夕霞,同享它们归林的喜悦。

"那些鸟雀,虽非人类,但自有其通灵之处。听得我这首笛曲,它们自会知道,我这里并没有张开的罗网,只有与它们一同欣喜天地造化的诚挚之意。"

"那什么是机心呢?"在寇雪宜似懂非懂之时,却是琼容口快,因听不懂"机心"二字,便立即开口询问。

"说到这机心，可有一个故事哦！"

"有故事呀！那哥哥快讲给我们听！"

"嗯！从前，有个人住在海边，非常喜欢海上的鸥鸟。每天早上，他都要去海边和那些鸥鸟一起玩。这人非常讨那些鸥鸟的喜欢，常常有上百只鸥鸟簇拥在他的身边。"

"咦？这人和哥哥好像哦！"

"呵！是吗？再说这人，有一天，他父亲对他说：'我听说那些鸥鸟都喜欢跟你一起游玩，那你就帮我捉一只来，让我也来玩耍一下。'儿子听了父亲的话，觉得从自己身边上百只鸥鸟里捉得一只鸟儿来，非常容易，于是便满口答应下来，第二天很有信心地去海边捉鸟。"

"那他捉到鸟儿了吗？"小琼容一脸担忧之色。显然，她是在替那些可怜的鸥鸟担心。旁边，寇雪宜寇姑娘也在认真地倾听。

"没有！等这人到了海边，却奇怪地发现，那些平时总愿意和他一起玩耍的鸥鸟，变得只肯在天上盘旋，一只都不肯飞下来！"

"这是为什么呀？"琼容不解地问。这个心直口快的小丫头，间插着发问，倒将小言对故事的讲述，衬托得恰到好处。

"这是因为那人有了机心啊！他心里想着要给老父亲捉一只鸥鸟回去，存了对那些鸟儿不好的心思。那些聪明的鸥鸟，就再也不肯飞下来和他一起玩了。"

"这不好的心思，就是机心！"

两个女孩听完小言这番话之后，反应各有不同，寇雪宜若有所思，小琼容则拍着手掌赞道："故事真好听！"

天真的小姑娘却完全没想到，当初她因为小言的道符现出了自己不喜欢被人看到的真身，却还是一心只想和哥哥在一起，这里面一个很重要的原因,便是她觉得这个有着好闻气息的大哥哥对她毫无"机心"。

琼容不懂得如此归纳,只在那儿一脸崇敬地望着她的小言哥哥,问道:"这故事是哥哥写的吗?"

"不是哥哥写的。我也是从书里看来的。"

"那写这书的人一定也很了不起啰!"

"是啊,讲这故事的书,叫作《列子》。写它的人叫列御寇,据说还是我们道家的仙人呢。所以,也有人把这书叫成《冲虚道经》。我房里就放着一卷。"

"哥哥能看懂,也很了不起哦!琼容便是笨笨的,只会画自己的名字!"

看起来,琼容对《列子》似乎并没啥特别的反应。

"哈,其实这也不难,如果妹妹愿意,哥哥可以教你认字啊。只要识了字,以后你自己就可以看懂很多故事了。"

"好啊好啊!我要认字!"一听自己以后也能读懂哥哥才能看懂的书,琼容小丫头便兴奋起来,在那里雀跃欢呼不已。

"雪宜姐姐,你认识字吗?"小姑娘兴奋之余,也没忘旁边的雪宜姐姐。

"我不识字。"听得琼容相问,寇雪宜略为黯然地答道。说完这句话,她那双似乎永远沉静的眼眸中突然燃起热切的神色,似乎她对识字之事也非常感兴趣。但也许是限于她自己给自己定位的奴婢身份,虽然心中期盼,却嗫嚅着并不好意思出声相求。寇雪宜这番欲语还羞的情形,自是全然落在了小言眼里。

"原不知寇姑娘也是如此好学。这倒是件好事。也许可以借着习字,冲淡她心中那番抑郁之情。不过瞧她的脾性,我出言相邀时,倒不能太着于痕迹。"

于是,小言便似漫不经心地说了一句:"寇姑娘,你也一起来学字吗?"

"我……也可以吗?"果不其然,听得小言相邀,寇雪宜还是有些迟疑。

"当然。"云淡风轻的语气中,却饱含嘉许之意。

"那就多谢恩公!"

让小言、琼容二人都没想到的是,听得小言出言应允,这个平素皆称他为"堂主"的寇雪宜寇姑娘现在竟口称"恩公",她那纤妍袅娜的身姿更是盈盈一拜,竟向小言行起跪地膝拜的大礼来。

"寇姑娘快快请起!"见此情形,受她礼拜的小言赶紧趋前一步,将她双臂搀起。在触及寇姑娘双臂之时,小言发觉她浑身微微颤动,竟似是激动万分。

看到她如此郑重激动,小言倒有些不好意思,便温言说道:"寇姑娘,我只是在闲暇无事之时,教你和琼容妹妹读文写字而已,不计较师徒的名分,你也不用行如此大礼。"

在小言看来,寇姑娘方才大概是尊他为师长了,才会行如此隆重的拜礼。若是奉他为师的话,这般礼仪倒也不算过分。

"以后还请寇姑娘不要如此拘礼,否则我倒不好坦然教你了。"

"是。"随着这一声应诺,已然站起的寇雪宜似又回复到了往常的清冷模样。

于是,第二天小言便去擅事堂领来了足够的纸墨,开始教琼容二人读书习字。待开始教授之时,小言才知道,寇雪宜与琼容一样,可算是只字不识。这也不奇怪,当时一般人家的儿女,即使是男子也不一定有习文的机会,更何况是女儿之身。

因此,小言便回忆着当初季老学究对他的启蒙之法,开始有板有眼地教两个女孩习起字来。习字之初,面对两个毫无基础的女弟子,光是教她们拿捏三寸毫管,便费了小言老大工夫。

头几日,这两个女弟子的最大成果,便是略略会了握笔之法。过了几日,顺带教授文字,虽然已拣了那些笔画最少、平时又最易碰到的字,但从这两个姿容娇美的姑娘笔底写出来,却还是殊为难看,歪歪扭扭,似蚯蚓爬过的雨后泥地一般!

虽然习字入门甚难,但平常似乎总是神思不属的寇雪宜,在此事上却是异常坚韧专注,毫无气馁之言。

见雪宜姐姐这般用心,正在贪玩年纪的琼容在自己哥哥面前自然也是不甘心落后。

于是,此后便可见四海堂石屋窗前,或临崖而立的袖云亭中,常有两个女孩子,身前卷本横陈,手中柔毫轻捏,在一名清俊少年的引导下,细致认真地描摹着文字。

无须计较她们书写的内容,就这般临几拈管的姿态,本身便已是一幅曼妙清雅的画图。

第五章
枕柳高眠，莲歌飞入梦魂

没想到，偶尔一次吹笛戏鸟，便让四海堂中的所有成员又找到了一件颇能消磨时光的事情。

让小言有些诧异的是，那个平时总有些神思缥缈的寇姑娘，一到把笔练字之时，便一扫恍恍之情，神思变得无比清明。

不过，虽然寇雪宜求学心重，小琼容也乐此不疲，小言却深知"欲速则不达"的道理。特别是在刚开始之时，若是加诸过重的课业，极有可能会让这两个女弟子产生厌倦之情。

因此，每日之中，若无其他事情，小言总会带她们去罗浮山野中嬉游憩息。

现在正是盛夏之时。与山外不同，夏日的罗浮山，满山苍翠，遍野草木葱茏。在山野之间，百年千年的古木随处可见。这些年岁久远的古木，往往生得十分巨大，树冠蓬蓬如盖，葳蕤茂密，绿荫交相掩映。若是行走其间，几乎觉不出炎炎的暑气。

而在罗浮洞天的夏日碧野之中，上清宫四海堂诸人最常去的地方，便是小琼容某次无意间发现的一湾莲湖。

原来,某次小姑娘在山中游荡,偶然发现在离抱霞峰五六个山头之外的某处山脚下,竟有一处方圆不小的水泊。

在连绵山脉中,能有如此面积的湖泊,也算得上是一件异事了。琼容把这个发现当成一件新鲜事告诉小言之后,这处水泊便成了四海堂众人纳凉避暑的惯常去处。

山间这一池清波潋滟的碧水,犹如一轮圆月一般,被四围青山静静地拥在怀里。水泊之中则生长着不少野莲荷。现在正是荷叶茂盛的时节,一眼看去,湖中田田的荷叶,或漂覆水面,或撑举如盖,上下错落,挨挨叠叠,遮住了大半个湖面。

虽然现在已是盛夏,但因为山中清凉,湖中的荷花还未盛开。放眼望去,便可看到在满湖青碧之间,星星点点点缀着许多含苞待放的粉色荷箭。

这一池幽谷深藏的碧水,再加上满湖的青绿莲荷,自然更让暑气消逝无踪。小言三人在莲池造的休憩之所,也可称得上是一个颇为奇特之处。

就在莲湖东南岸边,有一株年岁甚老的柳树,根须深深扎入堤岸泥土里,它蓬蓬的树冠,则斜斜地伸入湖中。与其他古木一样,这株柳树伸入湖中的枝丫,有两条分枝竟是生得极为宽大,便似两只木船一般,凌空悬在湖水之上。

小言几人的莲湖消暑之地,正是选在这船形的柳枝之上。柳树气清,不惹虫蚁,可以放心倚靠。小琼容还给这两条船样的柳枝取了名字,叫"树床"。

现在,小言便舒舒服服地躺在树床之上,半眯着眼睛,享受着山中难得的湖风。

在拂水而来的清风中,若有若无之间,还可以嗅到水边特有的微微腥气。就是这样的湖水气息,常常让小言觉得仿佛又回到了饶州的鄱阳湖畔。

这样安详的午后，这样清郁的湖风中，不知不觉便让人有一种慵懒的感觉；再伴上断续传来的夏蝉之声，双手枕在脑后，静静卧在柳枝上的小言神思逐渐模糊起来，似乎便要就此沉沉睡去。

就在半梦半醒之间，小言觉得手臂上突然传来一阵酥痒之感。睁眼一瞧，原来是琼容正趴在自己身旁，拿她毛茸茸的发辫，在自己手臂上不住地拂蹭。见小言睁开眼瞧她，小姑娘便嘻嘻笑个不停。

琼容发辫末端在小言手臂上轻轻地拂蹭，还真让小言觉得酥痒难忍。小言正要抬手将小姑娘泛着金色光泽的小脑袋从自己手边推开，却见小丫头见自己拂蹭之人已经醒来，便坐起身子，轻轻挥动起那两只小小的粉拳，替小言轻轻捶起腰腿来。

虽然，琼容对此事并不十分熟练，偶尔节奏还稍稍有些乱，但一捶一叩之间，她脸上的神色却是无比认真。

在轻捶的间隙，小姑娘偶尔还侧过脸来，看看被自己轻捶之人的反应，若是见小言正在看自己，小琼容便眉弯如月，嘻然一笑。

随着琼容轻击曼叩的节奏，小言不可抑制地感动起来。这种感动之情，暖暖的，麻麻的，有若实质一般，瞬间充盈了他全身，让他整个身心都荡漾在一股难以言喻的暖流之中。

想来，身旁这个心地单纯的琼容小姑娘，因了她"妖怪"的身份，内心里早已将自己当成了她最大的倚靠。而这份倚赖之情，从这个如美玉般洁净无瑕的小姑娘心中迸发出来，便化作了对自己的诸般"讨好"举动。

只是，小姑娘这样的故意"讨好"之举，却让人兴不起丝毫烦恶之情，反倒会强烈地感觉到这种"讨好"正是世间最纯净、最真诚的感情。

而此刻，寇雪宜寇姑娘则凌空坐在另一条阔大柳枝上，隐在当头笼罩下来的柳树阴影之中，只是静静地看着眼前融洽无比的二人，淡定的眼眸中平静如昔,看不出心中有何感想。

处在这样安谧祥和的夏日午后,身上任小姑娘粉拳轻落,静卧在柳枝上的小言突然觉得,世人常常追慕的所谓神仙岁月,大概不过如此吧?

想到"神仙"二字,小言不免想起鄱阳湖中的四渎龙神云中君,还有他那个宜嗔宜喜的孙女灵漪儿。想到这个龙宫公主,小言脸上不自觉现出一丝笑意。

现在回想起来,在与灵漪儿初识之时,净见她的刁蛮之处了。后来熟稔之后,却发现灵漪儿的刁蛮,更多时候其实只是一种可爱的憨直。

心中这么想着,小言不自觉探手入怀,取出灵漪儿临别相赠的那朵白玉莲花,开始在手指间把玩起来。

眼前这朵白玉雕成的莲花,也不知是谁人雕就,真可以算得上巧夺天工;线条婉转之间,莲荷含苞欲放的娇柔情态,竟在这块石性坚硬的雪色玉髓上惟妙惟肖地表现了出来。若不是莲瓣上晶润琅然的光泽,小言还真看不出这朵白玉莲花,与身下湖中那些个真正含苞待放的莲苞到底有啥区别。

见小言把玩着这朵洁白可爱的玉莲,琼容便忘了手中的捶叩,一脸好奇地问道:"哥哥,你在什么时候摘了这朵莲花?"

"哈!"小言有心要逗逗这个娇憨的小姑娘,"这不是摘的,是它自己刚才飞过来的。"

琼容一脸惊奇:"咦? 莲花也和鸟儿一样飞吗?"

顿了顿,略一思量,她便不免疑惑起来:"奇怪哦! 哥哥晚上吹笛的时候,这些花儿怎么不飞过来和我一起玩? 是它们不喜欢听哥哥好听的笛声吗?"

"哈哈!"见小姑娘竟要信以为真,小言不禁哈哈一笑,正经地说道,"刚才哥哥逗你呢。这可不是真的莲花,这是用玉石雕琢而成的。你看,它是不

是和真的一样？"

"呀！这怎么会是石头做的呢？哥哥你可不要哄琼容哦！"

许是这玉莲雕得实在太过逼真，琼容现在反倒有些迟疑起来。

"呵，当然没骗你。你自己来摸摸看！"说着，小言便将手中的玉莲递给了琼容。就在小姑娘从他手中接过龙宫玉莲之时，两人交接之间微有错落，一个不注意，这朵白玉莲花一下子滑出手掌，往身下莲湖中落去！

"呀！"见玉莲脱手，小言吃了一惊，赶紧一侧身，转脸朝树下看去，好瞧清楚玉莲掉落之处，待会儿也好下水打捞。就在此时，小言看到了无比神奇的一幕：那朵灵漪儿相赠的玉石莲花，在空中落下之时，竟是微微飘浮，就像一朵真正的莲花一样，朝柳荫笼罩下的湖水悠悠飘去。更奇怪的是，待它触水之后，并没像寻常玉石那样就此沉落，而是稳稳地浮在水面之上，就和真正的出水莲花一样！

就在小言心中如此想时，却发现那朵玉莲似要印证他心中所想一般，原本合拢的玉石莲瓣，竟在慢慢绽放……

过不多时，自小言手中滑落的玉莲，便在树上三人惊异的目光中，盛开成一朵蕊瓣宛然的雪色莲花！

须臾盛开的莲花，安然浮动在柳荫笼罩下如丝绸般柔滑的湖水上，恬静皎洁。荷蕊莲心之处，似乎聚拢起了原先玉莲身上所有的晶润，正漾动着一片明亮的光泽，似水镜，又似月华。

坐在树上的小言，在莲心空明之处，似乎看到了一个人影，隐隐约约，朦朦胧胧，似一道轻烟一般，如梦如幻……

见了这等异事，小言赶紧翻身从柳枝上跳到湖岸，蹬掉脚上的芒鞋，涉水去察看那朵正自盛开的白玉水莲。琼容与雪宜则站在小言身后的岸上，看着他去打捞那朵落水莲花。

站在玉莲跟前，小言发现在这朵盛开水莲的蕊心正积出一面晶莹玉润的镜子，烟泽潋滟，光可照人。只是，在这面莲蕊镜鉴之中，映照出来的却不是他自己的面容，而是一个长发女孩的娇柔背影。

这名女孩虽然正背对着俯首察看的小言，但她的身影小言早已无比熟悉。莲蕊镜鉴中映出的女孩正是鄱阳湖龙宫中的四渎公主灵漪儿！

灵漪儿身着一袭纤尘不染的雪色绢衫，坐在珊瑚石桌之前，正自以手托腮，沉思凝想，满头乌丝如瀑布般随意披散下来，显得无比柔顺。瞧着灵漪儿这般少有的恬静情态，估计现在这女孩正神思缥缈吧。

隔了两三个月后，再次看到灵漪儿，小言忽觉得眼前的小龙女变得前所未有地亲切起来。瞧着她这副娴静的样子，小言脸上不禁现出一丝微笑，想道："以前倒不知道，灵漪儿竟也有发呆的时候。没准儿，已是睡着了吧。"

灵漪儿现在身下坐着的腰鼓样镂空白玉凳，还有身前的海玉珊瑚石桌，对小言来说颇为熟悉："嗯，这儿应该便是我上次去过的龙宫房间吧。龙宫的宝贝真是神奇，竟能传来千里之外的景象！也不知灵漪儿知不知道我在看她，也许她真是睡着了吧……"

小言心中正胡思乱想之时，却见一直悄然不动出神的灵漪儿似乎突然觉察出什么，蓦然转过脸来，与凝目注视她的小言四目相对。这一刻，小言清楚地看到，镜中灵漪儿眼眸中正闪动着一丝惊喜的光芒，然后便对他舒展开深锁的娇颜，嫣然一笑……

这张纯净的笑颜，映在小言眼中，让他觉得是那么自然亲切。

此时的灵漪儿对小言来说，似乎再也不是高不可及的龙宫公主，更像一位久违的老朋友一般，正对自己展露着发自内心的欢笑。

见灵漪儿巧笑嫣然，小言便也自然地报之一笑。

"这莲花能不能传递声音？"小言心中这般想着，便要说出问候之语，

试试灵漪儿能不能听到，可就在他问候的话刚要出口之时，却突然发现莲镜中的容颜变得模糊起来。

在小言无奈的目光下，莲镜中的少女渐渐只剩下一道淡淡的影子，人像几不可辨。最后，这面玉莲蕊心的水镜，便如同普通的清水一般，只是倒映着小言怅然的面容，再也看不到灵漪儿分毫影子。

刚开始时，小言还有些不死心，他又等了一会儿，希望玉莲中能够重新出现灵漪儿的影像。只可惜，面前的莲朵仍旧平静无奇，虽然莲心晶泽依旧，但已看不到任何远方的倩影。

又呆立了一会儿，小言才俯身将那朵莲花轻轻捧离水面，看着它在自己眼前慢慢闭合，重又化成一朵玉石莲苞。这时小言已经有些神思不属，倒不像开始那般惊奇。

见着玉莲闭合的一幕，小言心中倒是一动，当下重又将莲苞放入湖中，只可惜，虽然玉莲又自动悠然绽放，但莲蕊之中仍是没有丝毫异样。

彻底死心之后，向来没啥心事的小言颇有几分怅然若失。他心中不住地回想方才看到的那张熟悉的笑颜，连自己是如何回到岸上，如何再次爬上树床的，都毫无知觉。

重又卧到柳枝上，小言的异样自然逃不出琼容的双眼，她好奇地追问起来。

小言也不隐瞒，当下便将灵漪儿的事跟小丫头略说了说。当然，那些实在过于惊世骇俗的地方，小言自然不会跟琼容细讲。但即便这样，小姑娘还是听得津津有味，看那神情，她是把这当成一个有趣故事了。

对小姑娘来说，现在除雪宜姐姐之外，她又多了一个灵漪儿姐姐，这一收获让她欢欣鼓舞了好半天。

在琼容开怀之时，她唯一的小言哥哥经历了方才那段插曲，却再也没有了卧柳高眠的兴致。过了一阵子,小言便和琼容、雪宜二人往抱霞峰千鸟崖回转而去。

正在崎岖的山道上行走时,小言偶尔往旁边山坡上一瞅,却恰巧看见一个道士打扮的年轻人,正在道旁陡峭的山坡草丛中不住地拨草翻寻,似乎正在寻找着什么重要物事。

若说他是在采药,却又不像,因为他背后并无药篓,手中也无药锄。

"瞧这样子,莫不是这个上清宫弟子掉落了什么重要之物?这山坡如此陡峭,一不小心便会失足滚下山去,我还是过去帮帮他吧。"心里这般想着,小言便跟琼容她们说了一声,然后小心翼翼地踩着斜坡上突出地表的石头,手上攀着蜿蜒的藤蔓,小心地向那个上清宫弟子靠去。

只不过,大大出乎小言意料的是,待他赶到道士跟前,问清楚事情缘由之后,却觉得有些哭笑不得。

原来,这位正自仔细搜寻的上清宫弟子,并不是在找什么遗失之物,而是在寻找罗浮洞天中可能埋藏着的法宝道器!

略略寒暄几句,小言便知道,这位一心找宝的少年名叫田仁宝,是朱明峰崇德殿中的年轻弟子。

田仁宝生得圆头圆脸,面相柔和,一副亲切之相,和小言说话之时,语气也甚是温和。只不过,一提到这找宝之事,田仁宝脸上便现出无比坚决之色。

见小言对他所言露出颇为诧异的神情,田仁宝便将他心中的想法,向小言和盘托出,大意便是:罗浮山乃是世间一等一的洞天福地,又是天下第一修仙教门上清宫的所在地,千百年来山中自然是高人辈出,说不定还常有神仙往来,因此在罗浮山山野之中,一定会有前辈高人因为各种原因遗留下来的仙家宝物。

田仁宝坚信,只要他细心寻找,总有一天会让他找到法力强大的道家法宝的。

到那时,不用怎么费力,他的修行自然会突飞猛进。而且,以后若下山去除魔卫道,有这等厉害的法宝傍身,那些个邪魔妖怪,自己自然手到擒来!

说到这儿,田仁宝那张温和的圆脸上不由神采奕奕,加上激动的缘故,现在他满脸都涂上了一层兴奋的容光。看来,他已经沉浸在那不知已想象过多少回的美妙景象中了!

见他这副模样,小言忍不住伸手扶了他一下,生怕这位田道兄激动之下一个不察,就此滚下山坡去。

对田仁宝这一想法,张小言有些不认同,毕竟罗浮山太大了,哪那么容易找到遗落的法宝?但看着眼前上清宫小道士脸上坚毅的神色,小言也不好说出扫兴的话来。

"呵,想不到我上清门中,倒也是颇多趣人。"这般思忖着,小言重又攀回到山道之上,与琼容、寇雪宜会合,一路洒下琼容的欢声笑语,朝千鸟崖而去。

这样读经教字、游冶避暑的闲散日子惬意悠闲,着实让小言乐在其中。可惜的是,这样悠闲的日子,似乎就要暂且到头了。

原来,他这个四海堂少年堂主一日忽接得飞云顶上的通告,说是上清宫中每季一次的讲经会要在七月初一那天举行。按照规程,他这位四海堂堂主,作为上清宫中的"长老"之一,也要在讲经会上给上清宫众多后辈弟子演讲经义。

接到通告的少年堂主张小言一开始还颇有些不以为意。讲就讲吧,毕竟那些道家典籍,自己还是看了不少的,到得讲经会上,估计也能讲出些义

理来。

　　只不过,待仔细想想,小言头上却是冷汗直冒,因为他突然想到一个问题:从小到大,自己还从来没在众目睽睽之下,讲过啥正经的话,更别说要在如此正式的场合,面对如此众多的上清宫门徒。要知道,这些上清宫弟子,可都是当时天下的精英!

　　"不过,似乎也没那么糟糕吧? 我近来也有在这四海堂中讲习……"小言这般安慰着自己。然而瞥了一眼旁边一个稚齿、一个妙龄的女弟子之后,小言心中还是禁不住一阵发虚。在他的眼前,忽然呈现出一幅可怕的图景:在阔大恢宏的讲经堂中,上清宫门人济济一堂,自己这个上清宫四海堂堂主立在众人面前,本应侃侃而谈,但不幸的是,在上清宫几百名青年才俊的灼灼注视下,自己却是一个字也讲不出。"足将移而趑趄,口将语而嗫嚅",只好等着在所有人面前出丑了!

　　"这可如何是好?!"

　　入得罗浮山两个多月后,小言陷入了他的第二个"危机"……

第六章
霜笛快弄，转合虎龙之吟

"罢了，还是顺其自然吧。或许到时候情形也没那么糟糕。"小言这样安慰着自己，努力让自己宽下心来。

只不过，这样的自我宽慰似乎起不到多大效用。每每想到自己将在大庭广众之下张口结舌的尴尬情状，小言心下便还是有几分惶惶不安。

"唉，那灵虚掌门，不知为何要如此坚持，一定要我也去讲经会上演讲。"小言心中不住哀叹。

琼容和寇雪宜却丝毫不晓得自己堂主正自忧心忡忡，依旧一如常态，小琼容在袖云亭旁跟两三只鸟儿戏耍，寇雪宜则按部就班地做着堂中洒扫的杂事。

小姑娘自从听了小言讲的"鸥鸟忘机"的故事，便对戏鸟之事格外感兴趣起来。与落在千鸟崖上的山鸟嬉戏，已经成了小女孩目前最喜欢玩的游戏。

"嗯?"看着琼容跟那几只山鸟追逐颠跑的亲昵之态，小言心中似乎有所触动，便如有一道灵光突然自心头闪过。他愁闷了好几天的事，隐隐约约好像有了一条挽救之途。

想法刚冒出来时，还有些模模糊糊，只在脑中时隐时现。待静心凝神整理了一下思绪，方才突然冒出的似乎颇为可行的破解法子，便在小言的脑海中渐渐清晰起来。

"嗯，虽然这事听起来有些奇怪，但瞧眼前事态，也只好这样了。"

望了望天上那几缕流动的浮云，少年堂主张小言心中打定主意："离讲经会只剩下四五日了，此事不宜再拖，那便在今晚施行吧！"

几日愁闷烦苦之事一朝破解，自然让人心情变得爽快无比。

现在，琼容这个小言大哥哥，一扫几日来的愁眉苦脸，舒展开笑颜，加入到小琼容戏鸟的行列，同她一起和那几只翠翎黄羽的山鸟玩耍。

琼容见到这几日来少言寡语的大哥哥现在竟愿意跟自己一起玩，自然惊喜非常，玩耍的兴致大涨。不一会儿，千鸟崖石坪上便只见小女孩衣衫满场飘动。

到了这日晚上，弦月如弓，星如棋布，正是一个晴朗的仲夏之夜。吃过晚饭后，小言便在四海堂中召集起本堂所有成员，郑重其事地宣布："为准备下月初一的讲经会，经认真考虑之后，本堂主决定，今晚我就要在这石坪上做一些演讲的演练。"

没承想，他这位四海堂堂主一本正经的宣告刚讲完第一句，便被听众打断："嘻！好啊好啊！琼容正好和雪宜姐姐一起看哥哥演练！"

"咳咳！"刚刚进入些演讲状态的小言，被这积极听众的踊跃发言打断，倒有些哭笑不得，当下只得改变预先的腹稿，删去一大段铺垫文辞，及早进入正题，"琼容妹妹啊，是这样的，下月初在崇德殿里讲经会上，听你堂主哥哥演讲的，可不止你们两个。那儿还会有很多其他人，一起来听哥哥演讲的。"

"哇！那样子更热闹更好玩！"

"呃……"到此时,四海堂堂主张小言预先设想好的正式宣告,已完全失败。看出堂主的身份不太管用,小言只好拿出哥哥的权威来,跟小琼容连哄带解释地说道:"唉,热闹是热闹,不过对哥哥来说,可不大好玩。因为哥哥还从来没在很多人面前正经说过话呢,所以在那之前需要预先演练一下。"

"那哥哥今晚请了很多人来吗?"

"哈,哥哥哪有本事找那么多人来。所以,今晚我就想了另外一个变通的办法,效果估计……也差不多吧……"

听这最后的语气,似乎小言自己对这变通法的效用也不太能肯定。

"是什么法子呢?"

"是……其实我也不知道该怎么说,不过一会儿你们就可以看到了。只是,"这后面一句话才是小言费这一番言语的重点所在,"说起来,这法子可能有些吓人,所以你们俩一定要躲在屋子里,不管外面发生什么事,千万不要出来。琼容啊,哥哥这话你可一定要听!"

见小琼容数次嗫嚅,似乎对自己的决定有些异议,小言便语气坚决地添上一句。

看哥哥这副认真的样子,琼容只好闭上嘴巴,乖巧地点了点头。一旁的寇雪宜自然应声称是。

见她们都已答应,小言这才放下心来,转身出门而去。

不一会儿,待在屋内的琼容和寇雪宜便听到屋外石坪上有一缕笛声翩然而起。

"哥哥只是去吹笛子?"琼容不明所以,与身旁的寇雪宜面面相觑。

只不过,待窗外传来的笛曲转过一两个调,屋中二人才觉得有些异样。原来,她们渐渐发现,今晚小言吹奏的这段笛曲,听起来与往日柔婉清逸的曲调不大相同。

现在这曲子,虽然还是那样抑扬动听,但清亮清烈,震人耳膜,曲调转接之间,似乎包蕴着一股慷慨雄浑之气,奔腾郁烈,直叩听者心扉。

石屋之内的两个姑娘还是第一次听小言吹出这样壮阔的曲调。她俩都没想到,原来平日和蔼亲切的小言竟还能吹出这样狂放不羁的慷慨之声来!并且,传入耳中的清狂曲调,似乎还生出一种特别的魔力,直让人心神摇动,似乎便要对着那笛曲传来的方向舞蹈、拜伏……

摧魂夺魄的霜管之声自小言玉笛神雪之中喷涌而出,撞响在千鸟崖清冷石壁之上,又转头朝罗浮洞天中的千山万壑飞腾过去,傲然如青云之卷尘屑,慨然似悲风之动寥廓,恰似催云端之别鹤,惊水底之骊龙!

随着摄魂夺魄的笛曲入耳而来,琼容也是心旌摇动,但她脸上的神色还算颇为自若。小姑娘旁边的寇雪宜,却略有些不同。现在她那一张粉靥,经漏窗而入的月光一照,显得似乎更加苍白。随着笛声高低起伏,雪宜双眼渐渐迷离,恍恍乎似不能自已。

正当屋中二人意动神摇之际,那似有魔力的笛声却已戛然而止。

"咦?哥哥不是说要练习演讲的吗?"琼容最先反应过来,便扒上窗棂,向屋外寻小言哥哥的身影。

这一看不要紧,女孩大叫一声,然后便如一阵旋风般冲出屋去!

寇雪宜刚刚缓过神来,又被小丫头怪异的举动吓了一跳。正疑惑间,寇雪宜转脸往窗外一瞧,这一瞧让她大吃一惊!

原来,借着天上的月辉,雪宜清清楚楚地瞧到,窗外石坪之上现在挤满了山间走兽!这些山兽之中,竟然不乏虎豹之类的凶猛之物!

现在,这些虎、豹、熊、罴、兕、犀、麋、鹿、狐、狸,正自挨挨擦擦,或蹲或伏,或坐或卧,挤在千鸟崖四海堂前的宽大石坪之上。

更出乎雪宜意料的是,这些沐浴在月辉之中的山野走兽,无论是性情本就温顺的麋、鹿，还是素性悍烈的虎、豹，现在俱都低眉顺眼，相安无事地排列在石坪之上，静静地蹲在之前临风抚笛的小言面前。偶尔有几声低低的嗥声、鼻息声，从石坪上顺风传来。

再说四海堂堂主张小言。原来，下午他从小琼容逗鸟之举中得到启发，现在便召集了许多兽类充当听众，来听他演讲！

小言召集百兽的法子，和他引鸟的法门《百鸟引》相类似，都是从手头两首神曲之中体会出五行阴阳之理，再自那曾经慑服群兽的《水龙吟》中琢磨出召引百兽的曲意。只不过，与《百鸟引》略有不同的是，方才召集百兽的笛曲，还要有太华道力的辅助才能奏尽曲意。

刚刚成功引来足够数量听众的小言，满意地收好笛子，清清嗓子，就要开始演讲。这时，小言却突然看到原本自己已嘱咐留在屋内的琼容一路欢呼着颠儿颠儿地跑了过来。雀跃之余，她一边跑，一边还不忘埋怨小言："哥哥啊，这样好玩的事，却不想带琼容一起玩！"

"……"原本已到小言嘴边的责怪，就这样被呛了回去。

已当了许多天小言弟子的琼容，在满坪的兽群中穿梭游走，口里嘀咕着旁人听不懂的话，看样子似乎正在给这些蹲伏得有些杂乱无章的走兽重新安排它们的位置。

颇令人惊奇的是，小姑娘所到之处，不少体积甚大、相貌凶猛的野兽，便似都变成了家养的猫儿狸奴一般，神态举动恭顺无比，乖乖地在小姑娘的指挥下，积极挪动着自己略显笨拙的身躯，安坐到指定的位置。

忙活完这一切之后，琼容便似完成了个大任务，蹦蹦跳跳地来到众兽之前，两腿一蜷，坐在了石坪上。然后，抹了抹额前的汗珠，就如往日每次开始习字时那般，仰着脸，乖巧地对面前目瞪口呆的小言说道："哥哥，大家都坐好了，可以开始演讲啦！"

第七章
泪雨飘零，最是幽情难吐

对着眼前挤满石坪的山间走兽，看着它们幽幽闪动着的眼眸，小言不自觉便有些惊慌失措，腹中早已反复斟酌好的说辞，一时竟无法说出口来。

"果然大有演练的必要！好，那就从现在开始正式演练！"

深深吸了口气，定了定神，小言便朝自己身前这一大群坐伏于地的山兽看去，逼着自己将目光对上灼灼的兽目。

"唔，那只老虎，浑身雪白，应该就是古籍中所记载的驺兽吧？

"嗯，还有角落里那只狐狸，也是通体雪白，确切的叫法应该是貔。

"想不到这儿白色皮毛的山兽倒还不少。那儿蹲着的白豹，则更是少见。白豹确切叫什么来着……对了，应是貘！

"这些雪白毛色的山兽，他处倒不多见。看来罗浮洞天果然是神仙洞府，珍禽异兽还真不少！

"呵！琼容原身应该是什么呢？"

眼光略低，扫到正端坐在众兽之前的小琼容，小言心中忍不住顺便起了这个念头。只可惜，在他以前所读的那些诸子百家的典籍之中，似乎并无相关记载。

这一番浮想联翩,倒让他这个讲经之人镇定不少。小言起初立于众兽之前的慌乱,现在已经舒缓了许多。

"咳咳!"清了清嗓子,安定下心神,小言终于开始讲起他预先思量好的道家经义来。

初时,小言眼光与面前这些山兽相对时,还颇为不自然,演讲自是结结巴巴、磕磕绊绊。不过,过了一阵子,他便摸到了一些窍门。

现在,小言故意将目光上移,不再对上山兽们的眼眸,只是盯着它们头顶的皮毛。这样一来,果然心中便少了许多旁骛之意,可以专心致志于口中的演讲了。

于是,小言后来的演讲越来越顺畅,渐渐进入旁若无人的境地,口中的道家经义也似流水一般,毫无阻滞地宣讲出来。

小言此时所讲的经义,主要是他平时在千鸟崖上研习的道家经典。宣讲之中,还带上些《上清经》中记载的炼气法门。《上清经》是上清宫的基本教典,在讲经会上少不得要提上几句。

小言讲到兴起之时,忍不住又将自己从《上清经》中悟得的无上义理滔滔不绝地说了出来。

这些想法,一直只是在他脑海中盘旋,还从来不曾说出口过。第一次有机会大声宣讲出来,自是让小言觉得舒畅无比,不免有些手舞足蹈起来。这一通讲下来,真可谓绘声绘色!

小言演讲之时,端坐在他面前的琼容,也不管听得懂听不懂,只在那儿仰着脸,一双明眸忽闪忽闪,目不转睛地专心看着正自滔滔不绝的小言哥哥。

而她的小言哥哥,只管看着那些走兽头顶的皮毛,却没注意到,这些本应该懵懂无知的听众里,竟有不少眼眸之中正闪动着奇异的神采,竟似是若

有所思。

于是,在僻静的千鸟崖袖云亭旁,便出现了如此奇异的情景:在银色月辉的笼罩下,正有一个清俊少年,面对着百十只静静蹲伏的野兽傲然伫立,朗声宣讲着道家的真义。而那些原本桀骜不驯的凶猛山兽,现在却变得安静无比,匍匐在少年面前,似乎都成了专心听他讲学的学徒。

高天月挂如弓,四壑风吹叶响……

小言正演讲到兴头之处,兽群后部却有一只豺狗,许是维持同一个坐姿时间太久,便有些不耐,忍不住躁动起来,当即桀桀怪叫了几声。

在小言清朗的宣讲声中,这几声豺吠听起来端的是刺耳无比。乍听到这几声怪叫,小言略有诧愕,便停了下来。

不过,还没等他反应过来是何事时,便见怪叫声响起之处,正有几只猛兽倏地立起身形,口中低低咆哮,在石坪地面上磨动着爪牙,一齐朝那只豺狗逼去!

扰乱讲堂秩序的豺狗,被如此阵势逼得不住地往后退却,口中哀哀低鸣,偶然觑得一个空当,便一转身,朝崖下山野间落荒而逃。

见豺狗已逃,几只虎豹熊罴也不追赶,又一声不吭地回到各自先前的位置。

见此情形,小言倒是大为诧异:"想不到这些野兽竟是大通人性!"

这个念头一起,小言便再不能将这完全当成自己的讲经演习了。看着眼前这些多为猛兽的听众,小言思量了一下,便又将道家以外的一些天人教化之理,略略演说了一番。

不知不觉,已是月移中天。

见时候不早,上清宫四海堂堂主张小言便结束了这场奇异的讲经预备会。

兽群散去之时,琼容却在崖口不住徘徊,就好像在那儿送客一般。

瞧着小女孩兴高采烈的身形,小言心中忍不住猜道:"小琼容这个样子,倒和每次飞鸟散去之时一样……这小姑娘不会又在那提醒那些山兽,说什么'记得下次再来和琼容一起听经'的话吧?"

"嗯,今日演讲,倒还真是意犹未尽,在讲经会之前,不妨再演练几次,力求精熟为好。"

心中正自散漫地思量着,耳边却忽听得一个声音幽幽地问道:"张堂主,为何要将上清门中的道家经义,说与这些野兽听?"

小言闻声转首,发现说话之人正是寇雪宜寇姑娘。月辉笼罩下,小言瞧得分明,寇雪宜正自秀眉紧蹙,柔美的面庞上满是疑惑不解的神情。

"哈! 不瞒寇姑娘说,这正是我为下月初一的讲经会所做的讲经演练啊!"

说这话时,小言倒有些扬扬自得之色,显见他为自己能想出如此有效的变通法子,感到颇为得意。

只不过,他这简明扼要的解释,却似乎并未解得寇姑娘心头的疑惑。只听寇雪宜继续说道:"这些上清教义,在小女子听来,实在是精妙非常、宝贵非常。堂主为何将自己门中的道经义理,轻易便讲给这些野兽听? 它们可是异类之物啊……"

问这话时,寇雪宜身形微微颤动,竟似颇为激动。

不过,小言倒没注意到这些。听得寇雪宜如此说辞,他只是微微一笑,道:"所谓'道',乃天之道,而非人之道。我又何须顾忌山兽非我族类,便要藏私呢?"

就在刚刚结束讲经的少年堂主张小言跟疑惑不已的寇雪宜解释完,准备招呼琼容回屋之时,冷不防,只听啪的一声脆响,他脸上竟已挨了重重

一掌！

事发突然，小言一时竟没反应过来。过了小半晌，待感到右边脸颊上一股火辣辣的疼痛感正在脸上蔓延开来，小言才意识到：眼前的寇雪宜方才扬手在他脸上重重掴了一掌！

只不过，他反应过来之后，却还是有些不敢相信这个事实。因为，平时寇雪宜全都是一副娇柔之态，平素对自己又确实恭敬非常！

"为什么寇雪宜竟会突然打我？我刚才有说错话吗？"就在兀自懵懂的四海堂堂主张小言心中存着好大惊疑，准备开口问询时，却见眼前打人之人竟已泪流满面……

清冷月辉映照下，寇雪宜眸中泪水瞬间而下，漫布脸颊，全身更是不住抽动。可以清楚感觉到她虽然哭得无声无息，但相比寻常的号啕之状，却明显哀凄许多。

且不提寇雪宜泪眼滂沱、张小言莫名其妙，却说刚送完听经众兽的琼容，听得这边有些异常响动，便赶紧跑过来，看到底发生了何事。

只是，到达事发现场后，小姑娘却不问话，只管手指抵腮，绕着这两人走了好几圈，细细打量眼前正一手捂着腮帮子的小言哥哥，还有双眸中泪水如注的雪宜姐姐。瞧她这架势，似乎心中正在紧张地评估着眼前的情况，尽力推断出事实的真相。

"雪宜姑娘，不知何故气恼？"见寇雪宜哭得如此厉害，捂着腮帮子熬痛的张小言顾不上被琼容瞅得有些不自在，当即小心翼翼地出言相问。

只不过，听得自己发问，寇雪宜并不作答，却哭得更厉害了。现在她无声流泪之时，又间隔着嘤嘤的抽泣。

"为何寇雪宜突然变得如此悲戚？是了，一定是因为这个缘故！唉，我怎么就忘了这茬儿！"

小言心中略一思量，便觉得自己已经推知了事情的真实缘故。

"看她这一情形，我得劝上一劝。"当下，小言便用最温和的语气，向寇雪宜耐心地劝解道："雪宜姑娘，我知道你因家中不幸，对那些异类妖物存着痛恨，因此见我今晚向那些山间走兽讲经，便有些不悦。这也是人之常情。"

说到这儿，小言感觉着自己右脸颊上火辣辣地疼痛，心中苦笑一声，口中继续说道："虽说这是人之常情，但在我看来，姑娘这般想法，其实也是有些失之偏颇。照我来看，在山野江湖之间修炼成形的精灵之中，真正为恶的恐怕也只是少数。"

也不知是不是自己的心理作用，小言偷偷注意了一下雪宜的神情，发现泪眼迷蒙的女孩，此时哭泣之状似已有收敛之势。

当即，张小言这个劝解之人士气大振，赶紧打起十二分精神，继续往下娓娓说道："正因如此，我觉得似乎不能因为我们见着几个作恶的妖物，便以为世间的所有异类精灵，个个都是妖邪之物。正好比，在我辈之中，又何尝没有品行不端之徒？若以此推论，那世上便没有好人了。"

说到这儿，正自侃侃而谈的小言欣喜地发觉，眼前刚刚哭得如雨打梨花的寇雪宜竟渐渐止住了悲泣，慢慢平静下来，似乎正在专心听自己说话。虽然她脸上泪痕依旧，但只偶尔哽咽上一两声。

"哈！看来我这番肺腑之言，已快要完全解开寇姑娘的心结了！嗯，我再加把劲儿，争取将寇姑娘心中的郁结，从此彻底消除！"

受了鼓舞的小言，浑然忘了脸上的疼痛，准备以自己这个活生生的示例，彻底打消雪宜心中的执念。只听小言情辞恳切地继续说道："因此，虽然我上次险些命丧蛇妖之口，但并不等于说，我从此就要与所有的山间兽禽精灵为敌，所以今晚——"

刚说到这儿，正以为就要大功告成的小言，却惊愕地发现，眼前本已止住悲哭的女孩,猛然间又是哭声大作,接着便双手捂脸,转身疾冲而去!

"呀! 不好! 莫不是要去撞崖?!"想不到外表清柔的寇姑娘,力气竟不小,小言猝不及防之下一个没拉住,便眼见着已哭得如同泪人一般的寇雪宜从自己眼前转身疾速奔离!

不过,让担着好大心的小言心下稍感宽慰的是,寇姑娘并不是要去投壁撞崖,只是奔回她自己的石屋中去了。

耳中听得门扉砰的一声巨响,小言面露苦笑,心中悔叹不已:"罢了,真是不小心! 为何偏偏提起那'蛇妖'二字,以致又勾起寇姑娘心中的痛苦之情。本来都已经差不多将她说服了……唉! 都是自己得意忘形,忘了避讳。也罢,先让她好好哭一场,等日后慢慢思量我方才的劝解。相信过一段时日,寇姑娘定可消解心中的郁结。"

只是,小言虽然如此宽慰自己,但不免还是颇为沮丧。他垂头丧气地转过身去,眼光不经意地扫过身旁,却又是吓了一跳,原来一直站在自己身旁的琼容,现在正两眼一瞬不瞬地看着自己。

让他吃惊的是,小姑娘一对明眸之中正蓄积起两汪水泽,借着天上星月的光华,在那儿盈盈闪动。

"唉,我说琼容妹妹啊,怎么你也来学你雪宜姐姐?"似乎这麻烦事,今晚都赶到一块来了。顿时,原本意气风发的四海堂少年堂主,只觉得自己不光脸上隐隐作痛,脑袋也似乎有些嗡嗡作响起来!

正当小言晕头转向之时,却见小姑娘眼中蓄积的泪水一下子便决了口子,淌满她那娇俏的面容。

还没等小言反应过来,便见琼容冲了过来,一下扑到他身上,头脸只管在他布衫上乱蹭,一边磨蹭,一边口齿不清地哽咽道:"呜呜呜! 原来哥哥是真的不嫌弃我!"

听了琼容这话，小言倒真有些哭笑不得。想不到这个心地纯真的小丫头，心里竟是一直担着这个完全不必要的心。

他方才那番用在雪宜身上并宣告失败的劝解话语，无意中却解了这个"妖怪"小丫头的心结。看来方才那一番良苦用心，倒也没有完全白费！

"琼容啊，哥哥从来就没嫌弃过你呀！咳咳，我说妹妹啊，你就别在哥哥身上乱蹭了，你把那鼻涕眼泪都涂在哥哥衣服上了吧？"听了他这话，正埋头在小言衣襟之间磨蹭的小姑娘，顿时止住呜呜之声，然后便将脑袋从小言身上移开了。

现在琼容小姑娘已然破涕为笑，听了哥哥的话，她那沾满泪痕的笑靥上神色忸怩，颇有些不好意思："嘻嘻！哥哥啊，明日雪宜姐姐不帮哥哥洗衣服的话，琼容一个人帮你洗！"

听她提起"雪宜"这两个字，小言便有些黯然。

琼容小姑娘却不大懂得察言观色，心中想到啥就说啥。

"好了好了，时候不早了，琼容你也该睡觉去了。"小言见时间不早了，便赶小丫头回屋睡觉去。

小言目送着琼容回屋，却见小丫头走到她那小屋门扉处，忽地停住。正当小言诧异之时，却见小姑娘转身回眸，对着他展颜一笑，认真说道："哥哥，谢谢你！"

第八章
石上坐客，正倚无心之柳

早上起来，刚刚洗漱好，张小言就听得门扉一响，正有人推门进来。

"是雪宜呀。"

推门进屋之人，正是昨晚泪雨滂沱的寇雪宜。现在，寇雪宜似已恢复了正常，手中正端着一只陶碗，小心翼翼地捧进屋来。

小言看到寇雪宜手中所捧陶碗之中盛着一汪泛着深碧的汁液，觉得有些奇怪，便出言问道："雪宜，这碗中盛的是……"

"禀过堂主，这是我今早煎熬的汤药，正要献给堂主饮服赔罪。"

说罢，寇雪宜双手微往前伸，将盛药的汤碗递到小言面前。

"呵，雪宜姑娘有心了。多谢！"

一听这是药汤，小言立即觉得右脸颊上真的还有些火辣辣的。于是便道了声谢，赶紧将药碗接过来，毫不犹豫地喝起来。

小言喝的这碗深碧色的药汤，虽然入口甚苦，但蕴含着一股特别的清香，光闻着那气味，就让人觉得神清气爽。

熬药之人显是十分细心，药汤入口清凉，估计已用冷泉之水浸润多时，丝毫不带一丝火气。

三分清凉再加上三分清香,让这碗苦口良药并不十分难以下咽。不一会儿,小言便将药汤喝完了。

随手将陶碗搁在旁边石案上,小言便有些好奇地问道:"这碗药汤果真不错,倒好像是多年老郎中所制。雪宜,你这碗药汤是用什么草药熬成的?"

听得小言问起,寇雪宜认真答道:"禀过堂主,这汤中有节华。"

"不错!节华味苦平,可消皮肤死肌,活络血气。"

"还有石鲮草。"

"这味也宜。石鲮可治风热死肌,润泽颜色,正是对症。"

"还有泽漆。"

"唔,泽漆味苦微寒,可抚皮肤燥热,消弭四肢面目浮肿。不过我可没这么严重!还有其他草药否?"

"还有知母草。"

"嗯,知母味苦,微寒无毒,可除寒热,主治血积惊气。这味更是适宜!说起来,昨天我还真被你吓了一跳。"

小言这句乐呵呵的无心快语话音刚落,便忽见眼前正恭谨答话的寇雪宜扑通一声拜倒在地,并以额触地,颤声说道:"昨夜雪宜无礼,请堂主责罚!"

"唉,又来了!雪宜姑娘,昨日之错,并不完全在你,我也有欠考虑之处。两相抵消,这责罚之事,便无从提起。况且,方才这碗药汤,怕是费了你不少心思吧?看你露痕满衣,想必一大早便去山间采摘草药了吧?你如此有心,我又怎么忍心再来责罚你?"

说着,小言便上前将雪宜搀起。

寇雪宜在小言搀扶下冉冉站起,抬起头来时,小言却见她已是泪流满面。

这雪宜姑娘还真有些反常……刚才的话有那么感人吗？不至于激动成这样吧！

"唉，雪宜，你还真是爱哭呢。"张小言道。

听得这话，满面泪痕的寇雪宜脸上露出了一丝淡淡的笑容："我以前也没这么爱哭。"

话语仍微带哽咽，但显然心情已经不再低沉。

寇雪宜脸上这份发自内心的笑容，虽然淡似无痕，但落在小言眼里，却已放大成无比灿烂的笑颜。因为，这恐怕还是寇雪宜第一次在他面前露出发乎自然的笑容。

见此情景，小言心中大感欣慰："看来昨天挨的那掌挺值。如此一来，寇姑娘似已完全解开了抑郁已久的心结。"

想起昨晚挨的那掌，小言的目光不自觉地扫向旁边几案上那只陶碗。瞥到这只喝空的药碗，小言心中倒是一动："说来也奇怪，寇姑娘竟懂得这么多药理。虽说我也从书上知道了这些草药之名，但只认得一些最常见的草药。若让我真的去山中采摘齐全，恐怕也大为不易。"

待他将心中疑问跟寇雪宜说了，寇雪宜便告诉小言，她家本来便以采药为生，自幼耳濡目染之下，她对这些草药便颇为熟悉。

这说法倒也合情合理。小言赞叹了几声，寇雪宜便暂且离开，去打清冷泉水了。

这天夜晚，又是明月当空。小言袖着手，正在石坪上闲逛。偶然斜眼一看，便瞧见琼容正在四海堂石屋门前围着右边那只石鹤不停地转圈儿，不知道在干什么。

小言正觉得有些无聊，便踱过去问道："琼容妹妹，你在门口转什么呢？是不是有啥东西掉了？"

小言这一问话，小琼容听了倒似吓了一跳，赶紧直摇手，忙着说道："没、没掉什么！"

然后，小姑娘便撂下她的小言哥哥，转身跑开了。

见小丫头这副神神秘秘的模样，小言倒有些惊讶。不过转念一想，他便觉得也没什么。像琼容这样的年纪，心里有些古古怪怪的天真想法，并不足为奇。

其实，小言并不知道，琼容刚才在他现在站立的地方，正忙活着一件大事：跟石鹤比个头，看自己长高了没有！

这件事对小姑娘来说，可是她日常生活之中一件非常重要的事。

在琼容那小小的心里，总觉得仅仅因为她是小孩子，小言哥哥就藏着很多好玩的事不告诉她，这让她非常泄气。因此，琼容现在一天之中，除了跟哥哥习字、跟鸟儿玩耍、跟雪宜学做家务，剩下的全部精力便是期望着自己能够快些长大。

只是，方才让小姑娘大为失望的是，和前几天一样，她竟然还是丝毫没有长高。唉！虽然偶尔长高了一两次，但琼容心里很清楚，那只是因为她把脚悄悄踮高了的缘故……

不过，泄气之余，小姑娘偶尔也会感到疑惑。她发现，虽然自己能随心所欲地召唤出清水、烈火等物事，还能变幻出很多东西，但只有一样，她试了千百遍，却始终不能遂她的心意，那就是无论如何，她都不能让自己的年纪变得更大、身体长得更高。想到这一点，她就觉得很难过。

再说她那个小言哥哥，此时又在石坪上闲步起来。看似恬静的少年，心里其实正在不住地斗争着："今晚我该干吗呢？是依往日行那'炼神化虚'的功法，还是再召集一些走兽，来演练三四天之后的演讲？"

按小言的心意，昨日那番宣讲，其实自己并未纯熟，还有诸多需要反复演练的地方。相比之下,炼化天地灵气之事,倒不急在这一两日。预防在讲经会上出丑,才是目前火烧眉毛的大事!

只不过,经历了昨晚那一场风波,小言现在对演练之事变得颇为踌躇。虽然,今天寇雪宜似乎旧貌换新颜,但他实在不晓得她这番转变,是因为被自己昨晚那番话说服,还是只是因为心存愧疚的缘故。

正当小言在石坪上磨蹭,拿不定主意之时,忽听得一个声音在耳边柔柔地说道:"堂主,今晚不让那些山兽来听你演讲吗?"

"嗯?"小言闻声转头,只见立在银色月光之中的寇雪宜一脸宁静平和……

于是,小言这晚又得到一次宣讲演练的机会。

不过,与昨晚有些不同的是,这次小言只是稍稍吹了一小段召引百兽的曲子,便见昨日那些珍奇山兽已是衔尾鱼贯而来。顷刻间,千鸟崖袖云亭旁的石坪上便已济济一堂。

小言正准备开讲,却忽然听到半空中传来一阵奇怪的破空之声,抬头一看,才发现眼前的夜空中竟有许多禽鸟正飞来!

这些翅转如轮的禽鸟,顺次降落在千鸟崖上的松柏枝头。方才那阵奇怪的声音,正是这些山鸟羽翼划空之声。

这些不请自来的鸟雀,有些小言能够叫出名,比如鹰、隼、鹫、鹏、鸥、鸮、鹚、鹦;但还有不少禽鸟,羽色奇异,神形飘逸,饶是小言熟读古经,却还是全然不识。

"哈!咋来了这么多鸟儿?"看着眼前正纷纷落在松柏枝头的鸟雀,小言这位四海堂堂主又惊又奇。

正自疑惑间,无意低头一看,却瞧见端坐在众兽之前的琼容妹妹,正一脸得意地笑着。

"原来是因为这个小丫头！"一见琼容脸上无比熟悉的笑容，小言便立即找到了山鸟不请自来的准确答案！

"也罢，正所谓有教无类。能在这么多禽鸟走兽面前讲经，我演练的效果定然会更好！"

于是，四海堂堂主转惊为喜，略定了定心神，清了清嗓子，开始演讲起道家经义来。

此时，群禽息羽，众兽藏牙，整个石坪之上，除了小言如同清泉一般的朗朗话音，便再无一丝杂语。

琼容专注地仰望着神采飞扬的小言，另外一位立在石鹤阴影里的女孩同样专注地倾听着小言的每一句话语。

清风遍地，星月满天，万壑无声……

立于神仙洞府的抱霞峰顶，可看到西天上银月如钩，素洁的月辉正涂满整个罗浮洞天。夜晚的罗浮山，氤氲蒸腾起朦胧的雾岚，如丝如缕。若有若无的夜岚，映着天上素白的月华，便幻化成千万缕银色的轻纱，在万籁俱寂的罗浮诸峰间飘荡、游移……

在浩大寥廓的罗浮洞天之中某个不起眼的山崖上，正有一个与满天星月同样清朗的少年，睥睨天地，意兴遄飞，在月光下演绎着天道的秘密。

这样的演讲，一直持续到讲经会结束。只不过，这样奇特的演讲，并没有就此终结。在追寻天道的道路上，小言每当有新的领悟之时，便会聚起山间的禽鸟兽群，向它们宣讲自己的感悟。

往往在这样的大声宣讲之中，小言更容易发现自己这些悟想之中的种种不足。

这样奇特的讲经，一直持续到小言彻底离开罗浮山千鸟崖。小言从没想过，他这样的无心之举，到底会带来什么样的结果。

多年以后，在纷纷扰扰的天地江湖之间，有一个神秘奇异的道家宗门逐渐进入众人视线之中。这个神秘的宗门，号为"玄灵教"。

就是这么一个名不见经传的新晋门派，奇人异士辈出，短短几年之间，便做下了几件震动四方的斩妖除魔之事。

既然有这样强大的门派崛起于江湖，自然免不了会有诸多有心之人对它多方打探，而让人更加惊奇之处正在于，就是这样一个实力强大的门派，行事却异常低调，门中众人的行踪也大都飘忽不定。正因如此，即便是正邪两道之中消息最为灵通的人士，也并不知道这个宗门的真实面目。因此，虽然江湖之中有心人众多，但众口流传着的有关这一门派的确切信息只有寥寥两条：

一是玄灵宗门，虽然门规松散，但所有成员行事之时都会自称是"四海门下走卒"。二是这些道士打扮、相貌奇特不凡的成员，除了拜三清祖师塑像之外，还要朝拜两张画像。一张画像绘的是一位神色威严无比的道人；另一张则是一位神色同样威严无比的女子。

但让人失望的是，这两张画像都画得中规中矩，并不能让人看出两人的确切面目，只约摸晓得，两幅画像中所绘之人年岁都不甚大，特别是那个女子。

就前一条信息而言，天下郡县之中，确实有几个以"四海"为号的门派，不过大都上不了台面，没人会相信他们真值得玄灵派成员那般尊重。

而后一条信息，据说则是江湖中一位强人，经历过九死一生，才打探回来的。

他说："前面那个道士，应该就是玄灵宗门的掌门；而另一张画像之中的女子，门派中的人都叫她'大师姐'。"

说完这些之后，这个曾经杀人如麻的强横武者，便会扯住眼前听众的衣袖,开始滔滔不绝地背诵起《道德经》来,并且不背完绝不撒手。据说,这是因为这个好奇心过重的可怜汉子,不幸被玄灵教中人看破行藏之后,被带到了一座壁立千仞、四处绝无依靠的峰顶,风餐露宿地念了整整十天《道德经》,自此便成了《道德经》的背诵高手,而且见人就背……

不过,这些都是后话。现在千鸟崖四海堂石屋中的张小言还不知道今后将发生的这些江湖逸事,以及对自己的影响。

此时正在竹榻上辗转反侧的小言,正陷在他多日未曾遭受的失眠苦恼之中——

明日,便是要当众讲经的七月初一了。

第九章
云飞鹤舞，清气吐而成虹

七月初一这天，天刚蒙蒙亮，千鸟崖上满腹心事的小言，便已经早早地起床。

一阵忙活过后，小言已经穿戴整齐，换上了一身正式的道门装束。自己折腾完，他便开始忙着催促门下两位成员，让她俩赶紧穿戴上昨天特地领来的正式道服。

好一阵忙乱之后，现在再看四海堂中三人，端的是面貌一新：小言披一身青色道氅，脚蹬登云履，仙风满袖，若非走近细看，还真以为这儿站着哪位道德高深的老前辈。

两个女孩子现在也各换上了一身素黄的道袍，足蹬莲花屐，头上覆一顶雪色逍遥巾。这一身雅淡的道姑装束，丝毫不损两人的娇容，反让她们更增几分明媚玲珑。

这日卯时正中开始的罗浮山上清宫讲经会，在朱明峰上的松风坪举行。袍袖飘飘的四海堂堂主一马当先，率领着堂中诸人，取道向朱明峰迤逦而去。

松风坪位于朱明峰之阳，是一块占地广大的石坪。这片石坪已被打磨得平洁如镜。石坪之南，下临一座石势峥嵘的渊崖；石坪四周，则为草地所围，其上瑶草如茵。翠碧芳坪之外，则生着许多株古松，曲干盘枝，宛若虬龙。这些古松树冠如盖，交错连理，针叶青绿苍碧，每经山风吹拂，便有一股清气弥漫于四周。"松风坪"之名，正由此而来。

在这些青苍的古松之间，偶尔还能见到一两只白鹤在漫步。

松风坪靠近南面山崖的一边，平地垒起一座高高的四方高台，名曰"听景台"。

听景台，倒并非取"听经"谐音。这个台名，据传来自先汉一位瞽目道士。据说，那时崇德殿中有一个瞽目道人曾在这个石台上筑庐而居，修真自持。这位瞽目道士生性豁达，并不避讳自己双眼皆盲之事，还将自己所居草庐，命名为"听景庐"。历经数百年风雨，草庐与道人都已物化，只有这石台与"听景"之名流传了下来。

现在，小言便和上清宫各殿堂首领一齐列坐在听景台上，其他上清宫中前来听经的一众弟子，则都盘膝坐在台下的松风石坪上。

讲经会是上清宫一年之中为数不多的几次盛会之一，因此除了留守殿观或者例行寻山的弟子之外，几乎全部上清宫弟子都来参加了，声势颇为盛大。从台上放眼望去，各辈弟子几乎已将巨大的松风坪坐满了，连坪边古松下的绿茵地上也坐了不少人。虽然听经者人数颇多，但秩序井然。

在众人面前的听景高台之上，小言虽然只是叨陪末座，但已算十分尊荣了。因为现在台上端坐之人，除了他之外，只有灵虚掌门和灵庭、灵真、清溟与清云四位道长。诸殿之中，也各有几名长老在听景台上，只不过只能立于他们身后。因此，小言入座之时，好一番推让，虽然现在遵照惯例坐下了，也还是觉得好生不自在。

灵虚、灵庭诸人背后，都各自侍立着一对道童，道童手中捧着剑、拂尘一

类的法器。这也是小言昨日才被告知的讲经会惯例。

这个惯例,常让历届四海堂堂主头疼。罗浮山上的上清俗家弟子堂本就人丁稀少,近些年来都只有堂主独自一人。每次讲经会举行之时,便不免有些尴尬。像小言的前任清柏,每次讲经会之前,还得临时去别的殿中暂借两个道童充数装门面。

不过幸运的是,现任张堂主恰能免于这样的尴尬。相比以前,现在他这四海堂人丁已旺盛不少,恰能凑满各殿参与讲经会要求的最低人数!

于是,琼容、寇雪宜二人,便责无旁贷地担当起随侍道童的角色来。现在,琼容手中正捧着白玉笛,寇雪宜则执着无名剑,侍立在小言身后。

她们手中这两件四海堂的法器,白玉笛自然实至名归,但另外一件便有些卖相不佳,只是小言已经找不出比它更像法器的物事了。

今日上清宫这场讲经听经之会,着实让他这个入上清宫不久的少年大开眼界。

待到卯时正中,便见灵虚掌门振袖离座,站到台前正中,用低沉清晰的话音,宣告罗浮山上清宫讲经会正式开始。

然后,列于听景台下左侧的道乐场中,便响起三四声幽幽的钟鸣。最后一声钟鸣余韵将尽之时,便听得一阵丝竹之声悠然而起,开始齐奏开坛乐曲《迎仙客》。

清越悠扬的丝竹管弦,与醇厚的编钟互相鸣和,让这首开坛乐曲听起来格外幽雅从容。

随着清净出尘的乐意,松风坪上的上清宫弟子似乎都有些神游物外,仿佛感觉到东边云天外熹微的晨光之中,正有霓裳羽衣的仙人足踏祥云而来……

正是:

诸天花雨笑，

瑶台月露清。

仙旆离玉阙，

云幢降驾来。

一曲奏罢，经义宣讲便正式开始。

四海堂的宣讲被安排在最后，估计是负责安排讲经事宜的灵庭道长特意做的安排，好让首次参加讲经会的少年堂主能有充裕的时间观摩一下前面诸位长老如何演讲。

所谓"盛名之下无虚士"，上清宫是天下公推的道门领袖，果然并非浪得虚名。在小言之前讲解经义的那些上清宫长老，真可谓舌灿莲花，将幽微玄奥的道家经义讲得精妙透彻，无论是就句论句的诠解经义，还是从前人经典中向外推演，尽皆说得脉络分明，饶有新意。

这些上清宫前辈之中，不消说，那位向来以精研道家典籍著称的灵庭道长，自是飞花缀齿，妙语连珠。在他之外，便连整日耽于俗务的擅事堂堂主清云道长也表现不凡，在台上结合平日堂中俗事，诠释着南华真君有关天道"每况愈下"的典义。

清云这番讲演，语言事例尽皆平实自然，却同样发人深省。当下，小言便对这位貌似市井掌柜的老头儿刮目相看。

这些演讲之中，小言印象最深的，便是弘法殿清溟道长的演讲。清溟道长是罗浮山上清宫"上清四子"候补人选，一身道术修为极为精湛自然。与清云道长以身说法类似，清溟道长讲演中提到"虚实互化"之理时，便以以气御剑为例。

当时,清溟道长一招手,小言便看到身边不远处,正有一把湛蓝宝剑腾空而起,朝清溟道长飞舞而去。

让小言大为称奇的是,清溟道长这把飞剑虽然绕空舞动的范围极小,只在他身周上下飞动,但舞动的速度极快。饶是小言离得并不算远,也几乎只能看到一道蓝色的电光在那里盘旋飞舞。

最让小言惊叹之处,便是眼前这道宛如游龙一样的疾速剑光,飞舞之间无声无息,竟丝毫没有任何破空的声响!

"妙哉!"

清溟道长如此精妙的操控飞剑之术,台上台下众人瞧在眼中,俱都叹服不已。

小言在心中大赞特赞之余,忍不住回头瞥了一眼寇雪宜手中自己那把无名剑。却见自己这件法器,仍旧是一副暗淡无光的驽钝模样,与台上那道动若龙蛇的蓝色剑光一比,显得那么没精打采。

"唉!要不等有空了,我去拜访一下清溟道兄,问问他我该怎么做……"

眼前这道飞舞的剑光实在神奇,不得不让小言对自己这把古怪的无名剑也生出几分幻想来。

大约过了两个时辰,终于轮到他这个最后的讲经者了。

听灵庭道长宣布过后,抱霞峰四海堂堂主张小言便硬着头皮起身来到听景台前部正中,准备开始他生平第一次正式演讲。

走到听景台前部居中位置之前,小言还觉得颇为自信,心想,经过这几天的突击演练,只要将心中的腹稿中规中矩地宣讲出来,纵然不出彩,也总不会出什么大丑。

这种隐隐约约的自信,一直维持到他走到听景台前部居中位置。当真正站在讲经台上设定的讲经位置之时,小言才突然发觉有些不妙:刚才置身一旁，还没什么感觉，等他真正成为松风坪上所有人瞩目的焦点时，他竟觉得连说话都有些困难。

从高高的听景台朝下望去，只见阔大的松风坪上乌压压坐满了上清宫中的各辈弟子。眼光再略一扫去，顿时只觉得人人都在紧紧地盯着自己。

当即，小言便觉得一阵头晕目眩，甭说开口讲演，现在便连呼吸都变得有些困难起来！

当然，此时的实际情况，其实并没有小言想象中的那么糟糕。因为，此时至少有一大半的青年弟子的目光都不在他身上。因为小言从坐处离开之后，他们才终于看清了今年四海堂的两名新弟子。

不过，呆立在台上的小言丝毫没能察觉到这样的有利态势。这个四个多月前还是市井小厮的少年，现在正心乱如麻，心中不住哀叹："罢了！今日才知道啥是真正的众目睽睽……"

不过，这样尴尬的沉默并未持续多久。在台上愣了这一阵，已算是进退失据，大为出丑。察觉到这一点，小言反倒开始镇定下来，心想反正这丑已经出过了，何不就此豁出去？

于是，在台上长老开始摇头，琼容、雪宜开始着急，台下众人开始暗笑，越来越多的人将注意力转移到四海堂门下弟子身上时，上清宫新晋少年堂主张小言终于开始发声演讲了！

只不过，虽然小言开始宣讲了，但也是说得结结巴巴，他心中原本打好的腹稿早已寻不着去处。若是认真听一下，便知四海堂堂主口中的宣讲简是言辞散漫，毫无章法。

只是，小言如此不堪的演讲，此时反倒无人在意。台上台下的宽厚长者们，见这个只因机缘巧合才当上堂主的市井少年，在上清宫数百弟子面前，居然还能说出这么多句话来，已大感宽慰。众人心中只想着，只要少年堂主开始说话,然后到某处戛然而止,那今日这场讲经会,也就算圆满结束了。

场中那些年轻弟子,大多数男弟子早已心不在焉,不住打量四海堂的两个门下弟子;为数不多的女弟子,则或者责怪旁边的师兄师弟不专心听讲,道心不专,或者索性跟他们一起遥望台上四海堂的两个弟子,暗暗做着比较……

总而言之,现在松风坪上的所有人,都已不关心台上的张小言到底在说什么了。基本上,在几乎所有人心目中,今日这场讲经会,到此已算结束了。但台上额头冒汗的小言却不这么想。

口里说着自己平日最熟悉同时也是最浅显的经句,小言心中却开始想道:"不对,我是讲经会最后一个宣讲之人,若是照现在这种情形下去,那岂不是坏了这一整场精妙无比的讲经盛会?!"

大事当前,小言终于开始恢复他往日惯有的镇定。

"如何才能让我这一塌糊涂的演讲大为改观?"小言口中继续不知所云着,心中却在不停地紧张思索着。

蓦地,一个时辰之前清溟道长操纵的那道激闪剑光,似突然化作一道灵光在他脑海中一闪而过!

对了!何不如此行事?

"反正瞧这情势,也不可能更坏了,何不就试试平日所悟之技?虽然只是偶尔为之,还不娴熟,但好歹也要试上一试,说不定还能起死回生!"

经过这一番思忖,此时小言的心神已完全安定下来。

松风坪上满耳的松涛之声,突然被一阵清亮的声音盖过:"清云堂主今日曾说那'每况愈下'之理,小言听来甚觉精妙。天道无私,每况愈下,愈是到那低下细微之处,便愈能领悟天道的奥妙。此理,清云道兄已然讲得十分透彻精到,我便不再重复。"

说到此处，小言这会变得清朗无比的话语，终于引起了所有人的注意。

台上的琼容倒没什么感觉，寇雪宜却知道，少年堂主张小言现在终于恢复了往日应有的神采。

只听四海堂堂主张小言继续说道："其理不再多言，今日我只以身示范。我入得道门之前，曾做过俗世间的酒楼乐工，但即便在这等不被人重视之事中，我仍体味印证到一些道家的义理。请容我略略演练给诸位道友看。"

台上这位捐山入教的四海堂堂主，以前曾做过不入士农工商之流的酒楼乐工，此事倒是众所周知。因此小言此番宣讲出来，倒没引起太大动静。众人好奇的是，这位口才突然改观的堂主，到底要示范什么。

"我于笛中，悟得一些道家真义。"

哦，原来是要吹笛子。台下诸位弟子瞅瞅台上那个小姑娘手中正捧着的玉笛，俱都恍然大悟。

只是，小言接下来的举动，却出乎所有人意料，包括正准备上前将笛子递给哥哥的琼容。

只见说要表演笛艺的小言，未曾反身去取琼容手中的玉笛，而是双手举于脸侧，手指在虚空之中凭空指点，便似手中握着笛子一般。

离他较近的灵虚、灵庭道长诸人，则奇怪地看到举止古怪的小言，闭目凝神，口角微动，似乎正在朝那并不存在的笛孔中吹气。

"这位刚刚镇定下来的张堂主，怎么又……"

就在所有人不明所以之时，却都清楚地听到，松风声中清冷婉转的笛音正在悠然而起。

"这、这是……"

不约而同地，松风坪上所有讶异惊奇的目光，全都汇聚到伫立在高台上的小言身上。

飘入耳中的这缕悠扬笛音,竟从他悬在虚空之中的手指之间,行云流水一般流泻而出!

这缕不徐不疾的笛音,宛若琳琅玉鸣,委婉飘逸之余,说不出的平和宁静,恰似随风潜入的淅沥春雨,不知不觉间便让听者气柔息定、心静神清。

许是小言前后表现差异太大,不仅台下那些年轻弟子看得目瞪口呆,就连场中许多见过诸般大场面的前辈长老,此时也被小言虚空幻出的笛音震住了。所有人都在心中对本门这位少年堂主重新进行着评价。

仰望着山风中小言清逸飘洒的身形,此时已再没有人有闲暇去关注其他人、其他事。

可以说,小言这段凭空奏出的笛曲,效果绝不亚于先前那道激扬的飞剑电光。而四海堂堂主张小言的演示,似乎并未结束。

就在众人都被笛声吸引之时,忽听几声清亮的鹤唳,接着便见数只丹顶雪羽的白鹤,或从云天而下,或从松林而出,翩翩降落到小言面前。

笛声缥缈,鹤影翩跹,除了四海堂两个成员,所有上清宫的道人都目露惊奇。这些笛声邀来的人间仙禽,羽翼舒放开合,竟随着清灵出尘的笛音徘徊舞蹈。舞步之间,有说不出的优雅从容。

此时,正是天高云淡。在台下众人的眼中,伫立在高台之上的小言,袍袖飘飘,身周仙禽环舞,身后云天高渺。再加上那一缕清逸遒畅的空明笛音,一时间,众人只觉得今日所有宣讲之中,最后这一场才最为精彩。

已有一些弟子,开始在心中暗赞起负责筹划讲经会的灵庭道长,如此用心良苦地安排下这一场出人意料的演讲……

正当这些人神思缥缈、浮想联翩之时,场中的少年已经停住了虚空中的吹奏。

待最后一缕余音消散,小言便迎着台下所有望向自己的目光,平心静气

地说道："诸位道友,这便是我在市井之中悟得的真义:有无相生,音声相和,高下相盈。今日我四海堂的演讲,至此结束。在此谢过诸位道友的耐心聆听!"

说罢,小言躬身一揖,然后袍袖飘拂,迎着两朵如花的笑脸,返回座位……

第十章
庭空鸟语，溪山梦里游踪

小言这次登台讲经，真可谓先抑后扬，奇峰突起。现在已有不少人，开始细细打量起这个原本毫不起眼的少年来。

小言反身回座时，见到座间的几位上清宫长老都在朝他微笑致意，和他同来的琼容、雪宜二人，不消说更是面露欣容，由衷地为他高兴。只是，谁都没注意到，回到座位、已是正襟危坐的四海堂堂主的身躯竟正在微微颤抖个不停！

原来，方才那一番凭空奏笛，正是他运转太华道力，驱动气流在指间激荡发声而成。刚才小言沉浸于笛音之中，一口气坚持下来，倒还没觉得有什么异样，一待吹奏完毕，却只觉得气短力竭，手臂竟似有痉挛之意。再加上几日来成天担着心，一朝完结，心里也甚是激动。因而小言现在只觉得自己胸膛之中一颗心怦怦乱跳，身躯也震个不停。尤其糟糕的是，小言越想止住震颤，就越震颤得厉害！

幸好今日所着衣袍颇为宽大，一时倒也没人瞧出他的异状。现在灵虚掌门正立于听景台正中之处，诵读着讲经会最后的祷祝之词。大多数人的注意力，都集中在了这位掌门身上。即使偶尔有人看向小言，也只当是风吹袍动,绝想不到面容恬淡的四海堂堂主内里竟正浑身抖个不停!

正当小言暗中发抖之时,台下的道乐班又奏起乐曲来。这时奏的,正是道门功课结束时的乐曲《送天尊》。

在中正平和的乐曲声中,听景台上的诸位上清宫长老和着音韵节拍,开始齐声吟唱起与乐曲相应的经咒来。

幽缓的丝竹钟磬,加上带着几分苍凉的道唱玄声,终于让小言身上这阵不合时宜的颤抖渐渐地趋于平息……

平静下来的小言也跟着节拍,随众人曼声吟唱起来。

乐曲即将结束之时,只见立于听景台正中的上清宫掌门灵虚真人,随着编钟击出的浑厚音节,足踏九宫,迈着禹步高声颂祝:"巍巍道德,功德圆成;永度三清,长辞五浊……"

随着掌门的颂唱,台上台下所有上清宫弟子齐声念诵:"无量天尊!"

随着这一声直冲云霄的道号宣诵,上清宫七月初一讲经盛会,功德圆满,正式结束。

讲经会结束之后,松风坪上的上清宫弟子并未完全散去。不少弟子从崇德殿中领来草席酒蔬,在松风坪上铺排开,三五成群,结伴而坐,开始饮酒畅谈。

这般做法,正是罗浮山上清宫一个历史悠久的传统。每次讲经会结束之后,这些逍遥的上清宫羽士,便会在松风坪石台草茵之上呼朋引伴,或在松间饮酒,或在石上谈玄,既可交流修行心得,又可增进同门友谊,正可谓一举两得。

小言现在正跟灵虚、灵庭等上清宫各殿首座,一起在听景台西南侧的松荫下饮酒,和他同来的琼容、寇雪宜二人,则被安排在和他相熟的陈子平、华飘尘等人席间。

许是今日表现出人意料，现在年未弱冠的小言列于这些名动道门的前辈之间，一时竟没人再觉得有啥不适宜了。免不了会被问起今日演讲之事，小言便拣那些适宜之处说了，一番酬答，倒也应对得体。

饮过几巡淡酒，忽听灵虚掌门说道："今日诸位道兄正好都在，我正有一事要跟各位商议。"

"哦？请掌门师兄示下。"

"也不是大事。前日南海郡太守遣来文书，言他辖下的揭阳县中山匪猖獗，屡剿不灭，现在那些匪徒声势越发壮大，扰境劫民，祸害甚大。"

听灵虚掌门说到此处，盘膝坐在一旁的灵庭道长有些疑惑地问道："师兄，这剿匪一事，本是官家之职，却与我上清宫有何关系？"

"本来并无干系，只是那段太守说，原本这些山匪也不足为虑，可最近不知怎的，每次郡兵前去剿匪追击之时，那些匪人身后总是平地生出火焰，如壁如墙，阻住官兵去路，每每只能眼睁睁看着那些山匪扬长而去。"

"这么说有术士妖人暗中协助匪孽？"

"正是。段太守为此忧心忡忡，只好向本门求援。诸位道兄，现在便可小议一下，看看有无合适人选，去协助官兵剿匪。"

灵虚掌门话音刚落，便听到清溪道长心直口快的话语："禀过掌门师尊，这斩妖除魔之事，本教自然义不容辞。只是贫道觉得，官家常常夸大其词，说不定只是匪人施用火计而已。即使真如段太守所说，恐怕也只是芥藓小妖，实在无须大动干戈。"

些些小事，便要惊动上清宫掌门，清溪道长颇觉得有些不耐烦。

不过，对清溪道长这种不以为然，喜怒不轻易形诸颜色的灵虚掌门却少有地沉下脸来，沉声说道："清溪啊，官府之事，从无小事。我上清宫虽然修的是天道，慕的是仙法，但毕竟这殿庙观堂还在人间。诸般事宜，有赖朝廷之处颇多,又如何能对官府轻而视之?"

"师尊教训得是。"见灵虚掌门不悦,清溟道长赶紧起身致歉。

正当席间气氛有些尴尬之时,忽听得有人插话道:"既然是芥藓小妖,却又扰动黎民,何不让我前去历练一番?"

众人循声看去,毛遂自荐之人,正是今日表现不凡的四海堂少年堂主张小言。

原来,听得灵虚、灵庭、清溟等道长一番对答,小言便又动了路见不平的心。身为曾经久在市井中行走的少年,小言深悉匪患的害处。鄱阳大孤山中出没的那些匪寇,向来都是顶着替天行道之名,干着伤天害理之事。这些所谓的"好汉",视人命如草芥,劫道时一有不称意,便挥刀屠戮,随便抛尸于道旁。

因此,一听匪祸接连,再听清溟道长分析只是小妖作怪,估计自己就能对付,小言便借着几分酒意跟掌门主动请缨。况且待在抱霞峰千鸟崖这几个月,小言也颇有些静极思动之意。

见小言主动请缨,灵虚掌门沉吟了一下,跟小言认真地说道:"张堂主有这份除妖爱民之心,固然很好,只不知可曾想好应对之策?"

"禀过掌门,我曾学过一些符箓之术,可在兵士身上绘避火的符咒。"

"嗯,这倒不失为一个有效之法。但小言你若与那施术之人狭路相逢,又准备如何应对?"

"我曾在饶州习过一门冰冻之术,按五行水克火之说,想来定能破解那人的法术。"

"哦?"听小言如此说,席间众人都有些惊讶。

见众人面露迟疑之色,小言便有心试演一下。他微一凝神,只见眼前青光一闪,摆在他面前的那杯水酒已然冰霜浮动,寒气袭人。

见了这杯冰酒，看来小言所言非虚，灵虚掌门当即便应允了小言的请求："好，这次协助官府之事，便由你一力主持。明日你便来飞云顶澄心堂中，我好跟你交代一些必要的事宜。"

小言致谢过后，却听灵虚掌门身旁的灵庭道长含笑问道："不知小言跟清河师侄习得的冰冻之术，已达几分火候？"

于是，接下来席间众人口中饮的都已是清凉爽寒的冰酒。

饮用之间，清溟道长心下却又是另一番心思。

看过小言上午那番别出心裁的演讲，道法精湛的清溟道长在心中已真正将小言视为本门之中的一堂堂主。因此，一想到小言下山要用到符箓之法，行事端方的清溟道长便觉得有些堕了上清宫正职教派的声名。于是，待又略略饮过两三盏之后，清溟道长便寻得一个机会，跟小言说道："贫道瞧张堂主也有一把剑，不知可曾学过本门驭剑之术？"

"呃？！驭剑……之术？！咳咳！"清溟道长突然这么一问，倒让正在抿酒的小言差点被酒水呛着！

"驭剑之术？是不是就是您今日演示之术？"

"不错！驭剑诀正是我上清门中的飞剑法门，与天师宗的飞剑术，妙华宫的飘刀舞，同为天下道门三大飞剑之术。我上清门中的驭剑诀，不知张堂主可曾研习过？若有闲暇，贫道可与张堂主切磋一二。"

"……"听清溟道长这么一说，小言顿时激动得说不出话来。

上午他才刚刚想起要学这飞剑之术，前后还不到两个时辰的工夫，便有此中的高手主动跟自己提及，难道今日这时辰真的是宜出行、宜饮宴？

大喜之下，小言张口结舌，一时都忘了回答。稍待片刻，小言才醒悟过来，慌忙答道："其实我对道门飞剑之术早已倾慕已久，只是入门时日尚短，一直无缘习得。若能得清溟道兄指点，那自然是小言我天大的福分！"

"好说。清溟在弘法殿中随时恭候张堂主。当然,最好是在下山除妖之前!"

"好! 小言在此谢过!"听清溟道长如此爽快地答应,小言当即便起身离席,恭恭敬敬地对清溟道长深施一礼。当下清溟道长也起身回礼。

见得两人此番举动,席间其他道长俱都微笑不已。

待兴尽席散,小言便和琼容、雪宜离了朱明峰,回转抱霞峰千鸟崖。

今日这场讲经会,对小言来说,可谓收获颇丰。

记着与清溟道长之约,这日晚些时候,小言便拖着自己那把无名钝剑,兴冲冲去前山拜访清溟道长,请教驭剑之术。见小言依约来访,清溟道长甚是高兴,略作寒暄之后,便开始向小言讲解驭剑之理。

清溟道长一番前所未闻的讲解话语,直听得小言心花怒放,当下他是支起两只耳朵,仔细聆听,生怕漏掉一个字。

有名家讲解示范,学生又颇为聪慧通达,不多时小言便将颇为复杂的驭剑诀,以及清溟道长的驭剑心得,一字不落地记在了心中。

小言告辞出门之前,又请清溟道长鉴定了一下他这把得自马蹄山的古剑,看能否用作飞驭之剑。得到清溟道长肯定的答复之后,小言这才放下心来,跟清溟道长道谢辞别后,小言欣欣鼓舞地回了千鸟崖。

乍习得神奇的飞剑之术,小言这位少年堂主,便像他那位琼容小妹妹得了一件新玩具一样,心痒难熬,只想着如何早日练成此术。当晚,小言便按清溟道长所授法门,在袖云亭旁折腾起来。

只是,让他有些泄气的是,无论他怎么折腾,眼前这把古剑还是毫无动静。这时小言才想起清溟道长说过的话:驭剑诀与其他法术不同,并非一朝一夕可以练成。光是剑中之灵的培养,便至少要花上一年半载。此外,若是所用之剑天生剑质不佳,或是剑主道力不济,甚至只是因为修炼者运道不好,说不定过上十年八载,驭剑诀的修炼也还是一无所成。上清宫现在数百名弟子之中,真正熟谙驭剑诀之人,也不过寥寥数十人之数。

想起清溟道长这话,心急火燎的小言终于静下心来,乖乖地开始按部就班地修炼起来。

也许这日经历的事太多,正闭目凝神的少年堂主倒忘记了一件事:他这把怪剑,可能本就有灵。

第二天上午,小言便去了飞云顶上的澄心堂,面见灵虚掌门。灵虚掌门跟他交代过一些必要的事宜后,便嘱咐他尽快出发,不可让太守久等。

于是,第三天,千鸟崖上的四海堂一大早便热闹起来。

炊烟袅袅,正是寇雪宜在炊煮早饭,并为小言准备路上的干粮。琼容也早早起来了,满屋奔跑,按她自己的理解,从墙根屋角搜罗着哥哥出门应备之物。

小丫头昨日听说小言要出远门,便嚷着也要同去。小言觉得此行并非游山玩水,而是要协助官家做事,很可能会遇上凶险,就没同意。何况军兵行旅之间,带上这个小姑娘,无论小言怎么想象,都觉得有些不伦不类。因此,昨晚任凭琼容腻在身旁百般游说,小言也只是不松口。

见堂主哥哥态度坚决,在所有可以想到的招数都宣告无效之后,小丫头只好乖乖地松开小手,溜下地到一边玩耍去了。

揉着发酸的脖子,小言满意地想道:"嗯,在我的教导下,琼容越来越听话了!"

终于,到了要出发的时候。

即将踏上除妖卫道之途的小言,身后斜背古剑,腰间系挂玉笛,一身紧凑的青色道装,全身上下被薄薄的山间晨雾一绕,显得英气勃勃。

接过雪宜递来的褡裢行囊,小言又跟雪宜、琼容二人略略交代了几句,便道了一声别,转身下山而去。

豪情满怀的小言身后,有两个衣发飘飘的女孩,伫立在千鸟崖清凉微润的晨风中目送他远去,一直看着他的身影完全消失在宛如幻梦的山岚晨雾之中……

正是:

小女情娇,少年气豪。

轻离云府,足践尘嚣。

回望来路,水远山遥。

第十一章
三生幻梦，徘徊芳路烟尘

顺着石径逐级而下，离了罗浮山麓，小言便沿着山下官道，朝揭阳县城的方向而去。

出了罗浮山，小言才发现，在这七月天里，山里山外简直就如同两个世界一般。山里是清凉界，山外是热火炉，即便偶尔有风吹来，也像是蒸笼汽一般，吹在脸上都觉得热烘烘的。

幸好他现在行走的这条官道两边种植着不少树木。小言便只在绿荫中行走，这才不觉得十分闷热难熬。

瞅瞅天上的日头，再看看眼前泛着白光的官道，小言思忖再三，最后决定还是不要省这笔脚力钱了。到了附近的传罗县城，小言便赶去城南的骡马市集给自己挑选了合适的脚力。

一番交谈之后，小言买下了一头瘦驴。这驴虽然瘦了点，但价格委实便宜，据说还能在山路上奔跑。

"哈，这便是我此去剿匪的战骑了！"

虽然这头坐骑卖相并不甚佳，瘦骨嶙峋，两侧的肋骨根根可数，但听驴贩说，正因为这驴皮骨清瘦，才能在那些崎岖不平的山道上跳梁无碍。

不过,对小言来说更重要的是,这头能跑山路的好驴,价钱并不算高,正和他那并不丰盈的钱囊相匹配。

将驴贩附赠的麻布片鞍具在驴背上搁好,小言便翻身上驴,骑着这头用作出征的战驴,在传罗县城街上"招摇过市",往西门而去。

经得一处刀剑铺,忽听有人大声向他吆喝:"这位斩妖除魔的小道爷,快来看一看哪!本铺正有今天早上刚刚出炉的新鲜刀剑,种类繁多,价格公道,保证质量。您不过来看看?"

听得这一声吆喝,小言不禁有些忍俊不禁,吁住胯下毛驴,回头跟那位刀剑铺老板笑道:"掌柜的,您原来莫不是卖菜的,还是做点心生意的?"

听他这么一说,那个老板倒吃了一惊:"看不出这位道爷年纪不大,神通倒不小!我原本正是城边种菜的菜农,后来才改行做这铁器生意。"

"哈哈,倒不是我神通广大,而是从您那句'今天早上刚刚出炉',我便知道了。"

闻听此言,那个刀剑铺的老板也醒悟过来,跟着小言一起笑起来。

离了传罗县城,官家驿道两旁的树木便渐渐变得稀疏起来。

抹着额头的汗珠,听着驴儿在黄土道上单调的蹄声,渐渐地小言便觉得有些无聊。为了打发时间,他开始数起道旁的树木来。

正数到四百余株,琢磨着刚才到底是数到了四百三十还是四百四十时,小言灵敏异常的耳朵忽听到路左灌木丛中有窸窣之声传来。几近于无意识地转头一看,恰看到绿树丛中有一抹红影一闪而逝。

"咦?莫不是那儿藏了只野鸡?"正昏昏欲睡的小言,立即精神一振,"哈哈!运气不错!要是猎到了这只送上门来的野鸡,今晚这顿就可以丰盛不少啦!"

不愧是出身于猎户之家,小言对这些山禽的习性着实熟悉。在官道附近游荡的野鸡，一定机警异常，稍有惊动，便可能立即飞起逃去。

小言昏沉之意一扫而空，但并没敢弄出多大响动。他只是不动声色地将驴儿赶到官道右边，然后轻轻滑下驴背，将缰绳系在旁边树木上。一切准备完毕，他便悄悄地从旁边绕着，轻手轻脚走向那丛灌木……

哈！那抹红影还在！

小言弓着腰，从绿木草叶缝中，依稀瞧见那野鸡的红羽还在，不禁大喜，脑海中已开始构想一幅美妙的图景：在暑气消退、清风初起的黄昏，入得某处酒铺，一进门便将一只肥硕的野鸡砰的一声掷在柜台上，招呼店家用心炒来。过不多久，自己便就着香喷喷的野鸡肉，悠闲地喝着店家的黄酒……

不过，正所谓"成大事以小心"，机敏非常的四海堂堂主，抹去嘴边欲滴的口水，猫着腰更加机警地朝猎物所在之处走去。

就在离那红影闪动之处还有半丈之遥时，一直静静前行的小言，突然暴起，从早就看好的枝蔓较少的路线，朝野鸡出没之处疾冲而去……

只是，与想象中鸡飞狗跳、羽毛四散的情景截然相反，正朝野鸡扑去的小言，忽听得前面树木丛中竟传来一声女孩带着几分不甘心的惊讶话语："哎呀，哥哥！怎么又被你捉到了！"

这声突如其来的话语，倒把一心捕猎野味的小言吓了一跳。

"咦？这声音怎么听起来这么熟悉？似乎在哪儿听过……"

琼容？！脑海中刚闪现出这两个字，小言便目瞪口呆地看到，他面前的树丛中忽然冒出一个脑袋来。

那张正一脸嬉笑的脸，不是琼容还是谁？

一瞧见小姑娘脸上熟悉的笑容，小言便立即明白了这是怎么一回事。

顿时，他便悔叹不已："罢了！我怎么又忘了，这小丫头能一路嗅出我的

'味道'来！怪不得昨晚她会那么乖！"

想通此节的小言，便苦着脸向正笑嘻嘻的小姑娘问道："我说琼容啊，哥哥现在这一身汗味儿，你竟还能辨识得出来？"

"嘻！那当然！这是哥哥夏天的味道啊！琼容也很喜欢！"

"……"听了这话，小言一时无言。

待琼容乖乖跟在身后来到驿路树荫下，小言语气凝重地对她说道："你这次偷偷溜出来，你雪宜姐姐突然看不见你，一定会很担心的。"

琼容立即答道："不怕！我留了一张字条，告诉雪宜姐姐我出来寻你，跟你一起去打那些山里的坏蛋。雪宜姐姐看到我留的字条，便不会再担心啦。"

"哦？你还留了一张字条？"想想最近她练字的进展，小言便对琼容这句话大感惊奇。

"当然！"琼容自豪地回答。

不过，接下来的话，却变得不那么自信了："小言哥哥，琼容也不知道写得好不好，所以就一下子写了两张，都一样，一张给雪宜姐姐，一张留给哥哥看。"说着，琼容便掏出了一张写着字的竹纸，小心翼翼地递给小言。

满是惊奇的小言接过琼容郑重其事递过来的这张字条，定睛一看，忍不住哑然失笑。原来，那一大张竹纸上，只写了三个歪歪扭扭的字——我去也！

这张字条的作者，现在正满含期待地仰着脸问道："哥哥，我写得对吗？"

"对，对，很简洁！嗯，虽然字少了点，但你雪宜姐姐应该能明白你的意思。"

"嘻！太好了！"

瞧着笑逐颜开的小姑娘，小言心中忽然想到一个问题，便点着她的鼻头说道："琼容啊,你这次出来,准备很充分啊,是不是一早就打定主意要偷偷跟来了?"

听了小言的问询,琼容却不答话,只在那儿嘻嘻笑个不停。

瞧着她一脸的笑容,小言的脸色渐渐变得严肃起来,对她说道："琼容,哥哥这次是要去跟坏人打仗,比上次打蛇妖还要危险,你真的不应该跟来的。"

他刚说到这儿,琼容的双手便朝背后探去,然后只听唰唰两声,眼前一阵明光闪烁,小言便看到小姑娘双手之中已多了两把薄薄的短刀。

"我会帮哥哥一起打坏蛋!"琼容双手舞动着这一对短刀,语气坚定地对小言说道。

"咳咳! 这小妹妹心里到底在想什么? 还真让人捉摸不透。"

半晌无言,小言忽然想到一个问题,便有些迟疑地问道:"琼容,你手里这两把短刀,多少银子买的?"

听小言这么一问,正自兴奋不已的小姑娘一时倒愣住了。待歪着头想了半天,才惊呼一声:"呀! 才想起来,好像买东西还要给钱。这次我又忘了!"

原来,偷溜下山的小丫头偷偷跟在小言身后,见他在那家刀剑铺子前停留了片刻,便记起自己这次是要跟哥哥一起去打坏人,也要买一把合适的兵器才对。于是,稍一打量,琼容便确定了要"买"的刀剑,接着双手一招,两把"新鲜出炉"的短刀,就神不知鬼不觉地飞到了她的手中……

听得琼容这一番话,小言才有些明白,为什么罗阳市集之中的民众要称她为"小狐仙"了。民间都传说狐仙有凭空摄物之能,若是谁家莫名其妙丢失了什么物事,便往往归到狐仙头上。看来,琼容被误当成狐仙,倒也不完全是平白无故。

瞧着眼前明丽可爱的小姑娘一脸不好意思的神色,小言倒有些哭笑不得。

"也罢。现在离罗浮山已颇为遥远,不妨便带着这小丫头一起上路,让她也去见见世面,省得她对这些人情世故一无所知。这笔买刀钱,还是等回来再顺便结算吧。"

想到这儿,小言便对琼容说道:"既然你已经跟来了,这次便随哥哥一起去揭阳县城吧。不过,哥哥此去,是要和坏人打仗,十分危险。到了揭阳,琼容你一定要听话,乖乖待在县城里,不许再偷偷跟着哥哥了!"

话音刚落,便听眼前的小姑娘毫不犹豫地答道:"哥哥,琼容还是会偷偷跟去的!"

"啊?为什么?"

"因为琼容已经想过了,其他事我都会很乖,都听哥哥的话,只有不让琼容跟在小言哥哥身边这事,却谁说也不听。"

听了琼容语气平静如常的话语,小言一时不知如何应对。过了一会儿,他才抬头看看天上,缓缓说道:"琼容,你真是哥哥的福星。你看,现在天上云彩多起来了,变得凉快多了……"

"真的呀?"

瞧着眼前抬头看天的小女孩一脸兴奋欣喜的模样,向来没有多少心事的随和少年,却已在心中暗暗立下一个誓言:"无论何时何事,我都要让她永远有这样开心的笑颜!"

漫漫黄土道上,斜背古剑的少年骑着驴,朝无尽的远方迤逦而行。身后,明妍娇娜的小姑娘正倚在少年背上,双睫闭合,已然静静地睡着。小姑娘微翘的嘴角,犹挂着一丝甜甜的浅笑,想来美梦正香甜……

蹄声踢踏向前,溅起一路烟尘。

第十二章
抑巧扬拙，消馁英雄豪气

原本张小言对琼容的到来，并没什么心理准备，开始还觉得有些别扭。不过，等小姑娘从瞌睡中醒来，开始向他叙述自己种种古怪可笑的想法时，小言便突然发觉，看似没有尽头的驿路行旅，似乎变得没那么枯燥无聊了。

现在，唯一不太欢迎琼容到来的，便是这头外表羸弱的瘦驴了。

借着这次赶长路的机会，小言开始向琼容灌输起各种生活常识来。但不通世务的小姑娘，往往会冒出些奇怪而又可爱的问题，让小言几乎笑了一路，以致到最后嘴巴还没说累，两侧脸颊倒快要抽筋了。

当然，除了聊聊这些世俗话，小言免不了还要跟琼容小妹妹大谈这次前往揭阳协助剿匪应该注意的事项。虽然未曾亲历过这种军旅剿匪之事，但万变不离其宗，一些基本的要点，小言还是可以想象得到的。

就在这样的口头军训快要结束时，小言特别加重了语气，对身后正接受培训的琼容说道："琼容啊，在和那些坏蛋打仗的时候，一定会有很多人到处乱跑。到时候你一定要记得紧紧跟在我身边，不要跑散。"

"嗯！那是当然，我本来就要紧紧跟着哥哥的！"

"很好！还有，如果有人靠近攻击你，你一定要狠狠地还回去，千万不能

手软！因为那可不是和哥哥游戏玩耍。”

“嗯！我就拿刀戳他，还用法术冻他，就是不让他打到我！”

“不错！就该这样。对了，那些坏人被你打到，可能会流血，你害怕吗？”

“不怕！最多……把眼睛闭上。”

“呃……千万不能闭眼！那些人都很凶恶的，即使流血了也会扑上来杀你。你闭上眼睛，就什么都看不见了。”

“啊？那我就把眼睛睁得大大的！”

“嗯，这么做才对。到了揭阳县城，我就去买只鸡来，琼容你帮着杀一下，先习惯习惯流血是怎么回事。也不知怎的，哥哥现在特想吃鸡肉。”

“好呀！”

离开罗浮山的第四日下午，小言与琼容二人终于赶到了南海郡揭阳县城。

揭阳县此时还属南海郡辖属，山丘遍布，面积广大。揭阳县城与其他南越城镇一样，多植竹木，民居也多为吊脚竹楼。

虽然揭阳县比罗浮山下的传罗县繁华不少，但此时整个岭南之地还不怎么开化，即便揭阳这样的大县，还是不如小言家乡的饶州诸县来得繁华。

来揭阳剿匪的南海郡郡兵，就驻扎在揭阳县县衙旁。揭阳城中民房并不稠密，即便县衙左右也都留着好大一片空地，足够让郡里来的军兵安营扎寨。

刚踏上揭阳城街道不久，小言便远远望到了郡兵驻扎的营寨。

直到此时，似乎一切都很顺利。但接下来，壮志满怀的小言就遇到了一些意料之外的麻烦。

郡兵营寨大帐之中，主持这次剿匪事宜的郡都尉鲍楚雄，正一脸怀疑地看着面前这两个自称是上清宫弟子的少男少女。

接过小言递上的印信文书，鲍都尉便开始细细检查。在辨别文书印鉴真假的同时，鲍都尉还不时抬头打量小言两眼。

将上清宫文书颠来倒去鉴定过几遍之后，满脸络腮胡须、长相壮实粗豪的鲍都尉，终于确认上清宫的印信文书都是真的。

虽然确认了信物是真，但鲍都尉还是没能打消疑虑。他在等待上清宫高人的这几天里，早已将来人想象成了一位仙风道骨的老道人。但现在站在眼前的这两位，实在与想象中的形象相差太大——这两人分明就是双双小了一号！

瞧这位堂主的年纪，只合是上清宫的道童。而另外那个据说是堂主随身道童的小姑娘，现在更是一身童装，一副粉雕玉琢、皮娇肉嫩的模样，在那儿不停地东张西望。无论怎么瞅，都觉得这小丫头是从哪户富贵人家偷跑出来的小女儿。

"这位小道爷，你说你是上清宫的四海堂堂主？"

"正是在下。"小言一边回答，一边上前递上自己的堂主令牌。

鲍楚雄举着令牌瞧了一阵，又掂了掂分量，发现自己居然看不出令牌的材质。看来，这令牌也是真的了。

将令牌递还给小言，鲍楚雄随口问了一句："四海堂堂主，不应该是刘宗松刘道爷吗？"

"回将军，四海堂前任堂主是刘宗柏刘道兄。现在他已去弘法殿中修行，道号清柏。机缘凑巧，我于四月前入得上清门中，并被委任为四海堂堂主。"小言回答得分外仔细。

"原来如此。"鲍楚雄口中故作惊讶地回答着，但心里仍有些犯嘀咕："看这道装少年，对答之间风度俨然，还真有几分修真羽士的气度。不过，也指不定他们是从哪户士族人家偷跑出来的兄妹，半道捡到这令牌文书，便扮成

道士模样冒名来我军营玩耍！"

只是，怀疑归怀疑，也不好公然审问。

命手下给小言看座之后，这位粗中有细的鲍都尉，便在接下来的寒暄中，对上清宫表现得十分仰慕，开始跟小言打听起上清宫诸般事宜来。

所谓"闻弦歌而知雅意"，一见相貌粗豪的鲍都尉对上清宫的鸡毛蒜皮变得如此感兴趣，小言当即便有问必答，能说多详尽就说多详尽。

这么一来，鲍楚雄倒不太好意思再继续盘问下去了。

见差不多取得了鲍都尉的信任，小言正暗自高兴，忽听得鲍楚雄又出声问道："看张堂主背后这把剑，样貌奇特，定是一件宝物，想必张堂主一定精熟贵门的飞剑术吧？"

已差不多相信了小言二人身份的鲍楚雄，现在又把注意力转移到道法上来了。

按他的想法，正所谓真人不露相，眼前这个少年，既然能被名动天下的上清宫委以堂主之职，又派他来独当一面，定是有一身惊人的艺业。

很可惜，都尉大人的幻想再次破灭。听他问起飞剑术，张堂主脸上微微一红，尴尬答道："不瞒都尉大人说，我上清门中的驭剑诀，我前天方才习得……这飞剑之术，在下其实不知。"

"啊？那不知张堂主准备如何帮我对付那些会放火的妖人？"

今日已是第二次出其意料，鲍楚雄此时说话语气也变得急促起来。

"这个……"经得这一番折腾，乘兴而来的少年堂主张小言气势已经弱了许多。

略略沉吟了一下，小言才将心中反复斟酌过的想法说了出来："禀过都尉大人，其实我对符箓之术颇为熟谙。等到大人率麾下兵马出征之时，我就预先在军士衣甲上绘好避火符咒。有了这些避火符，军士们就能穿火而过，将逃窜的匪寇一网打尽。若是遇到那放火的妖人,我便……"

说到一半之后,小言的言语重又活泛起来,他刚要将法术冰心结搬出来,就被一个报事的兵丁打断:"禀都尉大人,辕门外有十几位天师宗的道人求见,说是听闻大人追剿妖匪之事,特地前来助阵!"

"哦?!快快有请天师宗的诸位道爷进帐相谈!"

鲍楚雄心中正自烦恼,一听传报说有天师宗之人求见,当即便似久旱逢了甘霖,赶紧叫兵丁传话,让天师宗诸位道爷进帐相见。

不一会儿,便见有十一二人鱼贯而入。走在最前面的,竟是一位妙龄女子。

立定之后,只见素衣少女微微一福,然后轻启樱唇,婉声告道:"民女天师宗弟子张云儿,领家父之命,与盛、林二位师兄下山游历。途经贵境,听闻妖匪作乱,特来助都尉大人一臂之力。"

"哈哈!难得各位道长如此有心,鲍楚雄在此谢过!这几位是……"

接下来其他天师宗诸人也一一跟鲍楚雄见过,大致做了一下自我介绍。

原来,这十一二人之中,直接从天师宗道坛所在地鹤鸣山而来的,只有张云儿和她的两位师兄。样貌大致在而立之年的那个红脸道人,名叫盛横唐。另外那个叫林旭的,则年轻许多,二十出头,一身玄色劲装,面容俊朗,轮廓分明,两道剑眉斜飞入鬓,显得英气勃勃。

而其余诸人,则都是附近的天师宗门众。小言无论怎么看,都觉得他们像刚从田间归来的农夫。

这些人中,也只有那位盛师兄穿着道服,其他人穿的都是粗布衣裳,虽然也干净清爽,但无论做工还是质地,都远不及小言身上这套青色道服来得精致透气。

不过,这些打扮朴素的天师宗众人腰间俱都系着一只铁铸的小葫芦,不

知用来盛放何物。

听说为首女子姓张，又言"领家父之命"，小言心中似有所动，就朝她多打量了几眼。只见云儿姑娘，荆钗布裙，打扮朴素，唯一引人注目的装饰，便是胸前挂着的一只虹贝做成的链坠。

乍看之下，张云儿虽然眉目楚楚，秀丽婉然，但并不能让人心生惊艳之感。不过，待小言再多看两眼，便发觉她唇眼之间似乎内蕴着一团喜气，让人觉得分外可亲。

有了刚才的教训，这回鲍楚雄直奔主题："能得诸位道长襄助，鲍某心下甚是感激。只是不知各位准备如何助我对付那放火的妖人？"

虽然天师宗诸人对张云儿如众星捧月，但似乎交际之事，还是以青年道人林旭为首。听得鲍楚雄相问，就见林旭朝前一步，昂首朗声答道："对付妖人，自然要用我天师宗正一天罡符法。口说无凭，眼见为实。我等几人便献丑，给大人演练一下我天师宗灭妖之术！只是此处有些狭小，请大人移步，去帐外观看我等施法。"

一听此言，鲍楚雄顿时眉开眼笑，赶紧随林旭等人来到帐外那片日常操练军马的宽敞空地上。

听得这些天师宗道人要施展道法，小言自然不会放过大开眼界的机会，当即便拉着琼容跟在众人之后一起出来瞧热闹。

天师宗法师要施展法术的消息，在郡兵军营中也是不胫而走，不多时，这片空地上就围了几堆看热闹的郡兵。

首先施法的是盛横唐盛师兄。

这位年纪最大的盛师兄，似乎颇为内向，也没交代啥过场话，便紧走几步来到空地中央。在众人注目之下，盛横唐先将腰间那只葫芦摇了几摇，然后捻开竹塞，将葫芦口小心地对着右手食指磕了几下。

在一旁观看的小言，正不知那葫芦里卖的什么药，却见盛横唐已将葫芦收好，左手在胸前一画，便已从怀中抽出一张黄纸，然后用指头开始在纸上涂抹起来。

虽然这位盛师兄看起来比较木讷，但方才这几个动作，却是一气呵成，毫无滞碍，端的如行云流水一般。

直到此时，小言才弄明白天师宗众人所带铁葫芦的作用。原来，这些葫芦之中都盛着画符所需的墨汁！

当即，小言便被这个小小的细节折服了："惭愧！这等妙法，我却没能想到。难怪天师宗符法闻名天下，今日一见，果然别具一格！虽然这磨墨的事最近有雪宜、琼容代劳，但哪及他们这般方便快捷？不错不错，得空得让琼容帮我去山中寻只葫芦来。"

正想着，却见盛横唐已将符箓画好。然后，也未见他如何念诵咒语，便见他手中那张轻飘飘的黄纸突然似离弦利箭一般，唰的一声脱手疾飞而去。

很难相信，如此凛然迅疾的声势，竟是由一张轻若鸿毛的符纸发出的！

光这一手，就把在场那些靠刀枪吃饭的军士给镇住了。

等众人稍稍反应过来，再朝符纸飞去的方向看时，却发现那张符纸已牢牢贴在三四丈开外的那只麻石磨盘上。

有了刚才那般威势，现在所有围观之人，包括小言、琼容在内，全都屏住呼吸，目不转睛地等待磨盘发生惊人的变化。

只是，有些出乎众人意料，与方才那等夺人的声势截然相反，那张泛黄的符纸再没有丝毫动静，只和那只蠢头蠢脑的石磨，一起静静地待在那儿晒太阳。

正当场中陷入一阵出人意料的宁静之时，却听盛横唐忽然大喝一声："破！"

洪钟般的话音刚刚落地，众人耳中便听得忽有啪啪啪前后三声清脆的鸣响，再去看时，那块众人瞩目的石磨，已然裂成四块！这四块石磨残块，大小几乎一样，恰似在磨盘表面精心丈量好了一个等分的"十"字，然后用神兵鬼斧从中划开！

"好！想不到盛师兄的寒冰神符，已练到如此地步！"

说话之人正是林旭。

这个英气逼人的年轻道人赞叹师兄符法之余，顺便将盛师兄没说出的法术之名向众人作了交代。只听他继续说道："师兄既已施术，我也不便藏拙。就请都尉大人与各位军爷，看看小道的爆炎飞剑！"

说着，林旭就将手中已制好的符箓，啪的一声贴在他那把铁剑上，然后将手一扬，奋力一掷。便见剑符合一，化作一道黄光，直奔方才的石磨碎块而去。

正当众人准备慢慢细看法术效果之时，却已听得轰隆一声巨响，符剑落处已腾起熊熊的火焰。火光之中，那把被掷出的铁剑忽又倒飞而回，重新回到林旭手中。

待火焰散尽再看，刚才那四块磨盘碎块之中，有一块已粉身碎骨，化成一堆石子齑粉！石屑飞散之时，有一些甚至溅到了站得比较近的兵丁身上。与此同时，众人鼻中忽闻到一股浓重的烧焦的气味。

在这一堆碎石末旁，其他三块磨盘残块，在刚才这道犹如雷轰的爆炎飞击之下，却是丝毫无损。

场中顿时喝彩声雷动！

且不说鲍楚雄看得红光满面，便连小言这个精晓符术的上清宫弟子看得也是目眩神驰："想不到天师宗符法，竟有如斯威力！其他不论，光是这份出神入化的操控之能，便非常人所能企及。"

此时，小言忽记起前几天清溟道长跟他说起的一句话："飞剑之威，在灵准而不在气势。喉头轻击之力，远甚于离身三丈以外的霹雳雷霆。"

如此推及，看来这两位天师宗弟子的符法修为，已臻登堂入室之境。

现在，小言心目之中，已经把掌门这次交代的任务，自行调整成从旁协助这些天师宗的道友，并顺便学习观摩了……

正当小言心中有些妄自菲薄之时，那位外表柔婉的张云儿款款说道："两位师兄的符法威力强大，小妹万万不及。云儿还是来将裂损的石磨移掉吧。这是爹爹教我的千幻丝萝。"

说话之时，便见一张符纸从张云儿掌中脱手而出，飘飘摇摇，御风飞去，转眼已飞落到一块磨盘残块之上。符纸刚一触到石磨，异变陡生，似藤萝生长一般，以符纸作根，由一而二，由二而四，迅速生发出许多藤蔓来。这些藤蔓越抽越多，扭曲蜿蜒，向四处迅疾延伸。眨眼工夫，在张云儿喃喃的咒语声中，这些凭空生出的藤蔓，便织成一张密网，将三块石磨残块牢牢裹住。

然后，只听张云儿娇喝一声："去！"

便见那三块分量不轻的石块冉冉升起，在离地三尺之处略略悬停了一下，然后便悠悠地朝左前方飞去，便似在空明之中从天降下黄巾力士，将这些石块拎起。

与盛、林二人施法有所不同的是，张云儿十指正拈作奇异的姿势，在空中缓缓抹动。

此时，众人的目光全都随着远处那无翅而飞的石磨移动，看着它飞到附近一条水渠的上方。然后，便见石磨残块如同中箭的鹞子一般，倏然掉落，哗啦一声砸入水中。

"好！"震天般的叫好声里，郡都尉叫得尤其响亮，因为他似乎已经看到，那个在暗中煽风点火的无耻妖人，已被狠狠地丢到臭水沟中！

待喝彩之声渐渐平息，便听林旭向鲍楚雄朗声说道："都尉大人，我等天师宗一干人等，届时定会倾力对付那放火的妖徒。其余的匪寇，还要多赖诸位军爷的勇力，我等修道之人，实不便与之厮杀。"

"那是自然，那是自然！"

"至于火阻官兵一事，则可让我盛师兄在大人军马出战之前，于兵丁衣甲上绘好避火符，追击之时就不必再惧那妖人的雕虫小术了。"

"哈哈，好！早就听闻天师宗的符法独步天下，今日果然让鲍某大开眼界。这次能得天师宗诸位道长相助，定可马到成功！"

林旭气势十足的豪言壮语，顿时将都尉大人胸中所剩无几的烦忧彻底扫除干净了。

"哈！等这次擒住那可恶的妖人，定要让他在南海郡各县之中枷号游街一个月，以消吾心头之恨！不过……"鲍楚雄转念一想，又有些迟疑，"让这么多法力高强之人，去对付那个跳梁小丑，是不是太夸张啦？"

正当鲍都尉心情大好之时，耳边忽听得张云儿略带迟疑的问话："鲍大人，那位道兄是……"

在这场热闹即将接近尾声之时，终于有人注意到了混在人群当中正乐呵呵看热闹的道装少年。

"他？"鲍楚雄顺眼瞧过去，"哦，他啊……他是我们太守大人专门从罗浮山上清宫请来帮我剿匪的四海堂张堂主。"

"四海堂……张堂主？！"

此言一出，就如同风过平湖，天师宗为首三人脸上微微变了些颜色。

第十三章
大巧似拙，淡看幻剑灵符

现在天师宗的三位法师，正是众人瞩目的焦点，连小言也在关注。张云儿与鲍楚雄这一番对答，自然便落在了他眼里。

这时，小言才想起自己的身份，赶紧拉着琼容从人堆之中钻出来，来到这几人面前。

走到近前，小言一揖为礼："上清宫张小言，见过天师宗诸位道友。方才目睹诸位的符法，果然神妙，真是让人叹为观止！"

见小言行礼，林旭三人略略还了一礼。不过，与小言这份热络相比，林旭几人的反应相对就有些冷淡。只听林旭说道："张堂主过奖了。其实我应该恭喜堂主才是。"

"为何？"

"听说张堂主因献山入得上清宫，才区区三四个月，便如此受重用，被派来独当一面，自然是要恭喜的。"

"哪里哪里，让林道兄见笑了。"

嘴上客套着，小言心里却有些奇怪：自己与林旭几人并不相熟，但听他说话的意思，怎么似乎对自己竟颇为了解？

正疑惑间，听林旭又接着说道："张堂主三月入得上清宫，三月底离开马蹄山，前往罗浮山赴任四海堂堂主之职。除去路上近一个月，算起来张堂主只在上清宫待了区区两个多月。如此短暂时日，便被派来担此重任，想必一定是习得了上清宫精妙的道法？"

略顿了顿，刚才还没啥表情的林旭，现在脸上已是浮现出一丝笑意："不知张堂主能否也让我等开开眼界？"

林旭话音刚落，周围便响起一片叫好声，催促张堂主也赶快演练一下神奇的道法。

所有军士之中，只有鲍楚雄的情绪并不那么高涨。听过林旭这一席话，鲍都尉几乎对小言彻底丧失了信心。

林旭忽然如此提议，倒让小言有些措手不及。他心里急速转念："瞧场中这气氛，看来今天必须得露一手了。嗯，就演练一下自己最为娴熟的攻击法术：冰心结。"

打定主意，小言便转身朝四下一抱拳，朗声说道："好，既然盛情难却，那今日我便献丑了！"

听得小言答应演示，周围的叫好声顿时平息了下去，所有人都开始专心致志地盯着小言的一举一动。

走到校场之中，小言往四下看了看，却发现附近到处都是光洁溜滑的黄泥地，并没啥合适的施术对象，总不能把这威力不小的冰心结随便施展在哪位兵丁身上吧？

不过，眼光扫过之处，恰瞥见一只拴马的木桩，正孤零零地立在不远处。这段三四尺高的木桩，微呈深褐之色，显已饱经风吹日晒。

"诸位看好，我将把冰心结之术，施用在那木桩之上！"

话音刚落，小言略一凝念，一道冰心结的法术便瞬即闪落到拴马桩上。

如此快捷的施术,自然显示出了施法者对法术精湛的理解,以及高妙的道力。可惜的是,小言法术的施展风格,与那几位天师宗弟子大相径庭,快是快,但围观众人看不出什么门道来。法术都施展完了,却有很多人还在注意观察小言,看他准备如何出手。

　　见众人没有反应,小言只好出声提醒,此时众人才知道,原来少年道士已经施法完毕。

　　见众人脸上大都现出懵懂迷惑之色,小言便请附近一位兵丁去检查一下那段木桩。

　　在所有人好奇的目光中,那个兵丁走到木桩之前,战战兢兢地伸手去摸……

　　让众人感到有些奇怪的是,那个开始还有些瑟缩的兵丁,现在却将手一直贴在木桩上,再也不肯挪开。

　　"有古怪!"

　　众人更是期待。

　　小言在一旁热切地问道:"怎么样? 感觉如何?"

　　"不错,挺冷,很凉快!"

　　"……"

　　"哈哈!"在众人还没怎么反应过来时,便忽听得一声大笑从人群中传出。

　　这声大笑正是从林旭口中发出:"哈哈! 张堂主这招法术果然有趣。夏日炎炎,正好用来纳凉!"

　　听得林旭这话,满场军士顿时明白过来,也跟着哄笑起来。此时便连那位颇为矜庄的张云儿,听师兄说得有趣,也忍不住掩口而笑。

　　琼容小丫头以为林旭正在夸她哥哥,也开心地笑了起来。

"呵呵！见笑了啊！"见自个儿的法术，取得了这样意想不到的效果，小言颇觉有些尴尬，摸着脑袋跟着呵呵笑了两声。

"其实张堂主能施出这样的法术，已经很不错了。毕竟张堂主只在罗浮山上待了短短两个月时间。"见小言尴尬，盛横唐忍不住出言宽慰。

鲍楚雄现在对小言的印象改观不少。刚才听林旭说起，这少年只在罗浮山上待了两个月，鲍楚雄便有恍然大悟之感。再一想，其实自己也不能怨这少年，要怪也只能怪罗浮山上那些眼高于顶的前辈高门，是他们做出了这样赶鸭子上架之事。

这么一想，鲍都尉对小言的态度变得宽和了许多。见小言尴尬，鲍楚雄也跟着打起圆场来："盛道长说得是，短短两月便能施这样的法术，也很不容易了。其实，张堂主的见识也是不凡，在如何对付妖人放火之事上，和天师宗的道长想到一块去啦。"

"哦?"林旭三人全都露出好奇之色。

"张堂主也曾提过，要在我麾下儿郎衣甲上绘上避火符咒，那样便可将妖匪一网打尽！"

"避火符咒?"一听此言，素以符箓自负的天师宗林旭，又有些忍不住想笑。

稍微正了正神色，林旭便对鲍都尉一抱拳，说道："张堂主见识果然卓越。鲍大人，我突然想到，既然这次出征剿匪，主要还是仰仗大人的军马拼杀，这避火符咒自然极为重要。不如，就和刚才一样，让张堂主和盛师兄，预先也来试演一番，看一下避火符的确切效果。大人以为如何?"

"好！这个提议正合我意。征战之事并非儿戏，避火符咒可容不得半点闪失。盛道长、张堂主，不知二位意下如何?"

周围军士一听这番对答，自然鼓噪之声又起，毕竟刚才看小言演示冰心结，瞧得不明所以，甚不爽利。现在听林道长言下之意，要让天师宗和上清宫的弟子门人比试一番，自然是群情激昂，鼓动之声分外响亮。

"嗯，也好。预演一下，也好在临阵之时，让各位军爷更加放心大胆地穿火追击。"盛横唐略一沉吟，便同意了师弟和鲍都尉的提议。与血气方刚的林旭不同，盛横唐倒并不是想与上清宫之人争强斗胜。

听三人说得都挺有道理，小言便也点头应允："好，那就试一下。"

顾不得别人怎么想，现在小言心里还有些高兴，觉得这次剿匪，自己并非完全出不上力。

"张堂主要不要用我这特制的符墨？"盛横唐打量了小言一番，没看到他身上有啥瓶瓶罐罐，便好心地提议。

"特制符墨？"

"正是，这是本门用秘法制成的墨汁，灵气内蕴，久而不凝，倍增符箓威力。张堂主要不要试试？"

"呀！这么厉害！那我就来试一下，多谢盛兄！"

"不客气。不知哪位军爷，愿意来试一试贫道的避火符？"

盛横唐话音一落，立即就有好几个兵丁奔出，盛横唐挑了最先奔来的那人。

应征盛横唐符箓演示的兵丁如此踊跃，轮到小言吆喝之时，却个个都推耳聋，你看看我我看看你，就是没一个人愿意主动上前。

正尴尬间，忽见有一兵丁越众而出，冲到小言跟前。

见到终于有人愿意挺身而出，小言不禁大为感动，赶紧扶住那位冲撞而来的兵丁，感激道："勇士啊！多谢！"

谁知，那人一时不及答话，只顾回头望去，破口大骂道："赵老六你这混蛋，竟敢跟我开这玩笑！"

"冤枉啊！是钱大毛这贼娃推你……"人群中响起赵老六的叫屈声。

正歪缠间，忽听得鲍都尉一声断喝："都给我闭嘴！在各位高人面前，你们这样子乱嚷嚷成何体统?!"

见都尉发怒，这几个兵丁赶紧噤口不言。

一阵鸡飞狗跳之后，小言、盛横唐二人，终于开始准备在这俩兵丁的轻甲上画符咒。

只是，那个让小言画符的兵丁孙小乙提心吊胆地等了一阵，见旁边盛道长已开始画起符咒来，自己背上却没啥动静，便觉得有些奇怪。

越是这样安静，孙小乙心里越是发毛。当即，他就转过脸去，想看看那位小道爷到底在干吗。

"哦！原来在看书。"

他见小言正摊开一本画满奇怪线条的经书，在那儿认真地阅读。

"道爷您这是在?"孙小乙有些好奇。

"我在复习怎么画道符。不瞒这位军爷说，平时我画符不多。虽然这避火符我下山前就早已背熟，但为了保险起见，临提笔时，我还是再看一遍为妙。"

"哦，有道理。这和我们临阵磨枪差不多……啥?!"

虽然此时天上流云朵朵，地上清风阵阵，但孙小乙只觉得一阵头晕目眩，自己似乎就要中暑晕倒了……

幸运的是，小言之后的手脚还算麻利，在孙小乙真正晕过去之前，终于在他背后轻甲上画好了一道避火符。

见二人都已画符完毕，林旭便从怀中掏出一张预先制好的道符，往远处无人空地上一掷。立即，那片空地上便腾起熊熊的火焰，很快便烧成了一片火海。

不消说，林旭造出这片火海，自然是要孙小乙二人去那儿走一遭。

见小言也已准备妥当，盛横唐便说道："现在就请两位军爷，从前面那片火中穿过。不要怕，避火符会保你们无事。"

"好！"

很快，由盛横唐画符的那位勇敢兵丁，从容地蹚过了那片火海，然后折回到众人面前："哇！太神奇了！真的没事！"

现在那个兵丁骄傲得就像凯旋的英雄，在围观弟兄面前巡回一周，让他们瞅瞅自己走过火海后安然无事的样子。

虽然这位英雄的脸上衣上，还是横七竖八地有些烟熏火燎的炭痕，但俗话说，"水火无情"，刚才毕竟是在旺火里走过一遭，能这样已经很不错了。

"咦？孙小乙你咋还在原地？"

检查过法术效果，鲍都尉兴奋之余，却看到小言跟前的那个兵丁，就像那根拴马木桩一般，钉在原地一动不动。

这时，林旭那片符篆造成的火海已渐渐弱了下去。

"咳咳！孙小乙你再不过去的话，我就命人臭揍你二十大杖！"见孙小乙如此胆小，鲍楚雄便开始大喊起来。

被鲍楚雄这么一吓，孙小乙无可奈何，只好磨磨蹭蹭地朝前面那片恐怖的火焰走去。

他一边挪步，一边在心里不停祷告，希望天上地下各位路经此地的神仙能大显威灵，保佑自己背上这道学徒画成的避火符真能让自个儿夹生着回来！

让孙小乙略感安慰的是，眼前那片火海，经自己这么一顿磨蹭，声势已是弱了不少。

"嗯，果然做人还是不要事事争先为好。瞧这火候，最多也就能三分熟……"这般胡思乱想之时，转眼就挨近了那片火海。

谁知,就在心存侥幸的孙小乙进得火海,开始使出吃奶的气力拔足狂奔之时,只听轰的一声,他四周原本声势已经弱下去的火苗,忽然又蓬勃而起,火舌吐动,光焰熏天,甚至比原来烧得还旺!

"呃?难道我制符的功力又进了一层?"目睹此情此景,林旭心下又惊又喜。

却没人注意到,上清宫张堂主的随身小女童,正在那小声嘀咕:"奇怪哦!小言哥哥的纸符最灵,为什么那个大哥哥老不肯往前走呢?那火都快熄啦!不过没关系,我再把它烧旺!"

琼容这一热心不要紧,却听得那冲天的火海之中,顿时传来一声撕心裂肺的惨叫!

"坏了!定是那小乙哥被烧坏了!"

就在众人惊惧之际,忽见一个人影,从那片蒸腾旺盛的火海之中跌跌撞撞地冲了出来!

定睛一看,此人正是那个已被怀疑殉职了的兵丁孙小乙!

此刻,孙小乙正龇牙咧嘴,扯着脖子发出阵阵恐怖的惨叫。

听得叫声如此凄惨,小言不禁心里一凉:"罢了,还是功力不够。想不到我这道用心绘制的避火符,今日竟会失灵……不过幸好这位军爷还是冲了出来,还有得医救。若真是闹出人命来,我就万死莫赎了。"

正当众人惶恐无措之时,已有好几个兵丁冲了上去,齐齐扶住孙小乙,准备将他往远处水渠那拖。

"有军医吗?离这儿最近的烧伤大夫在哪条街?"正是小言在那大叫。

"咦?你身上咋不见伤痕?"一片混乱中,有一个扶着孙小乙的兵丁,突然注意到孙小乙身上毫无异状,就连被烧焦的火痕也没有,当即出言相问。

"……啊?是啊,我、我好像真没死!"

听得弟兄相问,一直鬼哭狼嚎的孙小乙,这时也停住了叫唤,挣脱众人,开始手忙脚乱地检查起全身上下来。

"呵呵,呵呵呵,真的是啥事都没有!"一番仔细检查之后,孙小乙开始傻笑起来。

"会不会是内伤? 有没有觉得胸腹哪处发痛?"另一个兵丁关切地问道。

"嗯?!"听他这么一提醒,孙小乙忽然觉得有些不对劲起来,"不好! 我怎么觉得两腿发软,这心也狂跳不停啊?!"

"闭嘴! 你这是被吓的。"这时鲍楚雄也凑了过来,一听孙小乙这话,顿时一顿笑骂。

"呵呵呵,大人教训得是,是被吓的。小人还真的啥事都没有!"

"那你刚才鬼叫个啥?!"

"也是吓的……嘻嘻。"

"去你的!"鲍楚雄闻言又好气又好笑,一脚横踢在孙小乙屁股上,让他又是一阵龇牙咧嘴。不过,这次孙小乙却再也没敢叫出声来。

"妙哉! 想不到张堂主在符法上,也有如此精深的造诣。上清宫并不以符法为长,张堂主可算得上贵门中的一个特例了,有机会一定要好好跟你切磋一下。"说话的正是盛横唐。

天师宗的盛横唐是内行,只看这道小小的避火符,便知眼前小言的符法修为绝不在自己之下。当即,醉心于符法修炼的盛横唐,便对小言起了结交之心。

如此结果,倒是在那个等着看笑话的林旭的意料之外。不过刚才亲睹了小言的符箓之效,现在林旭也略略收起了轻视之心,向小言赞了几句。

林旭身旁的张云儿则一脸微笑地看着小言,心中忖道:"看来,这少年真有些不简单。"

正想着,耳边又响起鲍楚雄有如洪钟一样的粗豪声音:"各位弟兄听了!咱这次有天师宗诸位高人相助,还有上清宫的张堂主帮着画符,此次剿匪定能马到成功!事不宜迟,各位现在就回营着紧整饬兵械。明日鸡啼之时,我就带各位弟兄出发,去剿灭躲在火云山中不敢出来的无耻贼寇!"

郡都尉命令一下,满场将士震天般地响应了一声,便各自归营准备去了。

跟手下将士交代完毕,鲍楚雄转过身来,对林旭、小言等人温声说道:"现在就请诸位道长跟我到大帐一叙。出征之前,我还要跟各位聊聊火云山的匪情。"

"好!大人先请。"林旭代表众人应了一声,这一群人便要重回大帐中去。

就在此时,忽听得远处传来一阵急急的马蹄声。听得蹄声如此急促,众人都抬头向蹄声来处望去。

落日斜照之中,只见揭阳街道上,有一骑由远及近,朝军营这边疾速奔来,快马身后掀起一路滚滚的烟尘。

"这不是太守大人的随身家仆段安吗?他来有何事?"那马脚力很快,眨眼工夫就已来到近前。鲍楚雄一看,马上骑士正是熟人。

待段安勒住坐骑,翻身下马,鲍楚雄赶紧迎上去问道:"段安你为何如此匆忙?是不是段大人有紧急军情传达?"

段安却并未直接回答,而是喘着粗气说道:"鲍大人,见到你就太好了!我家大人就怕你们已经出征。"

"哦?莫非匪情有变?"鲍楚雄闻言变色,顿时把心提到了嗓子眼儿。

"那倒不是。"段安略略一顿,然后急急地问道,"鲍大人,上清宫的张堂主到了吗?"

第十四章
快语无心，遂啸不鸣之剑

眼瞅着段安快马加鞭，急吼吼而来，就好似身负十万火急的军情。但他一开口，却在那只顾着打听上清宫的道士来了没有。饶是段安问得这般清楚，鲍楚雄还是觉得自己刚才没听明白，忍不住要确认一下："张堂主？你说哪个张堂主？"

"咳咳……就是上清宫掌门灵虚真人派来、协助大人剿匪的上清宫、四海堂张小言、张堂主……"喘着粗气的段安，将这句话说得支离破碎。

"哦，是他啊。张堂主他已经来了。"鲍楚雄一指站在旁边的小言。

小言这时也过来见礼："在下便是张小言。不知您找我有何贵干？"

话还没说完，段安便抢着说道："谢天谢地！可让我赶上了，呼！"

略喘了喘，段安继续道："我家大人要亲来送诸位出征。他怕你们已经出发，便让我先骑快马奔过来招呼一声。"

"哦，原来如此。"鲍楚雄一听此言，顿时把心放回了肚里。

他心说："这才对嘛。这些时日，我每天都派斥候在火云山那边刺探，也没见回禀说那块儿有啥异动。"

刚想到这儿，鲍楚雄却似忽然记起了什么，有些奇怪地问段安："我说段安,太守大人不是跟我说过,只要上清宫道长一到,我就要立即率部出发,不得延误吗?怎么大人又改主意了?"

"这个我就不清楚了。不过依小的看,大人他这次也是临时起意。"

段安现在也是一脸苦笑:"两三天前大人就接到了上清宫的飞鸽传书,当时也没怎的,只是挺高兴。

"昨儿个,我还见大人悠悠闲闲,白天和一班文友论诗品茗,晚上在府衙里设酒宴招待了几位访客,好像也没什么事。

"可今儿个一大早,他就把我从床上拖起来,让我快马奔来,叫你们且慢出征,还要好生招待张堂主,千万不可怠慢——"

段安说到这儿,包括他自己在内,所有人的目光,顿时唰地一下全都转向了张小言。

鲍楚雄琢磨道:"这少年莫不是有啥天大来头?否则怎会让太守大人如此眷顾?唔……想起来了,林道长刚才说,其实张堂主入上清宫并没有多久,三四个月前才离得马蹄山什么的,难道马蹄山马爷,是朝中哪位大员?奇怪,我可从不曾听说有这么一号人物。不过我认识的大官也不多……"

鲍楚雄在这边疑神疑鬼,林旭那几位天师宗弟子则想道:"以前就听天师真人提过,罗浮山上清宫和朝廷联系甚是紧密。想不到就这么一个小小年纪的少年堂主,竟让一郡之首的太守大人,专门赶远路跑来接待。如此看来,上清宫在朝中的势力,已是越来越大。唉!"

再想到自己天师宗门众往日在官府那里受的委屈,顿时这几个天师宗弟子的脸色都有些不自然起来。

且不提这几人各怀心事,只听段安顿了顿之后,接着交代道:"段太守明日一早便能赶到揭阳。小的请鲍大人、张堂主,先耐心等一晚上。对了,都尉大人,能不能给小的先饮口水?这一路急赶,直把我给渴死了!"

一听此言，鲍楚雄赶紧安排段安到一处营帐中歇下，并命人送上一大瓢清水。

段安虽然只是一个家仆，却是段太守的心腹，鲍楚雄对他也不敢怠慢。

其实鲍楚雄对太守大人这般突然兴起的折腾大感不满，但他仍然保持着一脸的笑容，很快便安置好了段安与诸位道长。

一夜无话。第二天一大早，用过早饭之后，小言便与鲍楚雄、林旭等人，一起在中军帐中等候太守的到来。

鲍都尉手下三百名郡兵，此时也都在准备着出战前的诸般事宜，只等太守、都尉大人一声令下，即刻开赴火云山征剿匪贼。

现在天光尚早，也就刚过鸡啼二遍。借着这个空当，鲍楚雄便向小言、林旭等人，细细介绍了一下这次所剿贼寇的具体情况。

原来，这股得妖人暗中相助的匪徒，老巢在揭阳县西南与龙川县接壤的火云山上，据险结营，号"大风寨"。大风寨寨主名叫焦旺，只因毛发枯黄，便得匪号"金毛虎"。

匪首焦旺虽然绰号威猛，但功夫其实一般。只不过，焦旺其人虽长得五大三粗，却属于粗中有细的那一类人物。和他打过交道的人，全都说他外憨内猾，着实诡计多端。

正因如此，金毛虎焦旺才能领着手底下的匪徒，躲过县兵的一次次追剿，并且还有余力吞并附近山头的草寇，以至大风寨的人数越剿越多，最后几乎有了二三百人的规模。

这些匪徒，来去如风，劫掠如火，直让附近几县民众苦不堪言。火云山群寇，遂成揭阳几县的心腹大患。

不过，正应了那句俗语，"人怕出名猪怕壮"，大风寨众匪风头渐劲，为患渐烈，便逐渐引起了南海郡各级官员的注意。

第十四章 快语无心，遂啸不鸣之剑

三个多月前，大风寨在龙川某处劫掠时，因村民反抗，他们便将村中十几户人家尽数屠戮，酿成滔天血案，合郡为之震动。此事传开，州牧大为震怒，严责南海郡太守倾尽全力剿除凶徒，否则就要申告朝廷，将他免官治罪。如此一来，南海郡太守段宣怀自然被搞得焦头烂额。在上下催逼、群情汹涌之下，更是严令郡都尉鲍楚雄，全力清剿大风寨贼徒。

·于是，鲍楚雄领着郡兵一阵狠打，大风寨匪众的活动范围越来越小，最后龟缩到了老巢火云山中。同时，匪寨人数也越来越少，现在估摸着只剩下百来号人。

大风寨众匪盘踞的火云山，说起来还是揭阳县一景。

正是山如其名，火云山石岩皆呈火红色，远远望去，整座赭红的山体矗立在蓝天之下，就像是座火焰山一般，连飞过山顶的白云，也都被映成了通红之色，如火烧红霞。

火云山不仅山色似火，就连山上草木的枝叶也都呈现出一片火红之色。

关于火云山，当地人还有一个传说，说这山曾是灭亡已久的南越国王室狩猎的御苑。不过，这说法也就是火云山附近的山民们说说而已，其他人只要见到这山的怪异模样，便不大肯相信这处山场真有啥狩猎的价值了。

不过，虽然火云山外貌奇特，但山势并不险峻。那些暂时遁入山中的匪徒，被这些发了狠的郡兵剿灭只是早晚间的事。

只可惜，就在鲍都尉一路穷追猛打，意图一鼓作气攻下大风寨时，那个放火捣乱的妖人出现了。每次郡兵攻上山去，便会被平地冒出的熊熊火焰阻住去路；在追击小股下山觅取水食的匪寇时，每每快要得手，又会被一片火海挡住去路。几次攻击，全都无功而返。没办法，鲍楚雄只好率部怏怏而回，请太守延请得道高人，协助他除妖破匪。

说到这儿，鲍楚雄拳掌狠狠相击，跟眼前这几位正听得入神的道门子弟说道:"大风寨匪寇实在可恶!这次能得天师宗几位道长帮忙,又有张堂主相助,一定能将这些鼠辈一网打尽!"

听了鲍楚雄这番绘声绘色的介绍,小言几人也是感同身受,直听得热血沸腾,恨不得马上就随大军出发。

就在众人摩拳擦掌之时,已是卯时将尽,忽听得帐外原本军士往来喧哗的声音一下子归于沉寂。然后,就有位传令兵丁进帐禀报:"太守大人来了!"

一听这话,帐内几人都弹身而起,赶紧走出大帐去迎接太守大人。

来到帐外,小言便看到一位冠服俨然的官员正从一辆马车中走下。

晨光中,小言看得分明,鲍楚雄口中的段宣怀段太守,大约五十开外,身形偏瘦,面相方正,态度威严,颔下蓄有一绺胡须,正随风拂摆。

段太守下了马车,便举步朝这边走来。鲍楚雄见状赶忙迎上去,说道:"大人足下小心。天气炎炎,何劳段大人亲来送军出征?"

"要来的,呵呵。楚雄你有所不知,这次老夫来到揭阳,一来是送师出征,二来则是备得两件小小礼物,要送给上清宫的张堂主,聊表我南海郡对他鼎力相助的谢意。张堂主在哪儿?快快带我与他相见!"

段太守前几句话还说得四平八稳,但到了末了,语气却变得颇为急促,直看得鲍楚雄目瞪口呆,不知所以。

见太守大人提到自己,也无须等鲍楚雄指引,小言便赶紧上前一步,深深一揖,道:"小民张小言拜见太守大人。"

"不必多礼,不必多礼!你就是张堂主?"

"正是。"

得到确认,段大人便开始上下仔细打量起小言来。

正当小言被瞧得莫名其妙之时,便见段太守拈起颔下胡须,连声笑道:

"果然,果然!"

"嗯?"

"老夫是说,果然是英雄出少年!"

"太守大人过奖啦!"

"张堂主不必自谦,老夫这句话你是当之无愧。"

原本官威甚重的段太守,此刻却似已完全忘记了鲍楚雄等人的存在,只管满脸堆笑,一心跟小言说话:"这次老夫前来,正有两样东西要送给张堂主。来人!"

一声召唤,旁边一位典吏应声上前,典吏手中捧着一只红漆托盘,盘中叠着一方水蓝色的丝绸织物,旁边搁着两条饰着羽毛的旄尾,全都染成金黄色。

"这是?"

"此去剿匪,张堂主正是主力,岂可没旒旍旌旗助威势? 这方水蓝玄鸟飘金旗,正是老夫命人连夜赶制,现赠予堂主,祝张堂主此去旗开得胜!"

说这话时,旁边已有一随从军士取来一根青竹竿,段太守亲手将那旗帜展开,套在竿首,接着又将那两条旄羽在竿头系牢。

太守大人这番举动,让旁边剿匪主将鲍楚雄看得直咧嘴。

旌旗在清凉的晨风中展开。众人抬首仰望,只见在飒飒作响的水蓝旗帜上,绘着一只金色的朱雀神鸟。神鸟图案造型虽然简洁,但极为传神。

金色朱雀在晨光辉影中随风飘飞,羽扬翼张,傲然睥睨,恍惚间就似要从半空中飞扑而下。

"听说堂主静室筑于罗浮山千鸟崖上,想来珍禽异鸟必多,玄鸟朱雀是守护南方的圣灵,主太平,老夫便自作主张命画师绘制此图案,不知张堂主满意否?"

"当然！当然！"小言现已如堕云雾之中,哪有说不好的道理?他身旁的琼容,看着旗上那只栩栩如生的金色鸟儿,更是跃跃欲试。若不是面前有这么多生人,说不定她早就飞身跳上去仔细看个究竟了。

这事似乎还没完。只听段太守接着说道:"不知张堂主此次出征,有没有合适的坐骑?"

"禀过大人,坐骑我有。我曾在传罗县城买得一驴,虽然瘦了点,但脚力还不错!"

"哈！张堂主说笑了,出征斗法如何能骑瘦驴?来人!"

段太守又是一声喝令,便见马车后面转出一个马夫,手中牵着一匹姿态神骏的白马,朝这边踢踏而来。

"这匹白马,名为飞雪,是我府衙中最为雄健的骏马。现在就将飞雪赠予张堂主,祝张堂主此次出征,马到成功!"

"这个……太守大人实在太过盛情,晚辈恐怕承受不起。"

此时不光鲍楚雄直咧嘴,小言也觉得有些不合适了,赶紧出言推辞。

"哈哈,贤侄说的哪里话来!"

见小言自称"晚辈",段太守的称呼也变了。只听他说道:"贤侄奔波数百里,都是为我治下子民谋福。老夫这两样薄礼,只取个口彩,贤侄不必推辞!"

"好,那就恭敬不如从命,等此战归来再作论处。"小言见段太守神色坚决,知道一时也不好推辞,便暂且收下了他这份厚礼。

小言从段太守方才这句话中,好像终于有些明白太守大人为何对他如此礼遇了:"原来都是为了治下子民啊！段大人真是位爱民如子、礼贤下士的贤明好官!"

心中正佩服着,忽听段大人讶道:"咦?贤侄背后这把宝剑,倒是颇为奇特。可否借予老夫一观?"

原来,段太守看见小言那把毫无修饰的无名古剑,从小言背后露出了黝黑粗简的剑柄。

虽然有些不明所以,但小言还是赶紧将无名古剑取下,递给段太守。

段太守将钝剑拿在手中略略翻动了一下,便笑道:"小言贤侄,这剑颇为沉重,怕是不甚称手;看这锋刃无光,似乎还没开锋,又如何能在阵前防身对敌? 不如,贤侄就先用老夫的佩剑吧。"

说着,段太守就将钝剑递还小言,顺便解下腰间佩剑,连剑鞘一起递给小言,说道:"贤侄可拔剑一观。老夫虽是文官,这把随身佩剑也非名剑,但总还算轻便锋利。"

小言赶紧将无名古剑重新背好,接过段太守手中之剑,将宝剑抽出剑鞘,放在眼前观瞧。只见剑刃锋芒毕露,寒光闪烁,果然是一把利器!

正看时,只听段太守谆谆教诲道:"俗语云,'工欲善其事,必先利其器'。临阵杀敌非同儿戏,兵刃锋利与否,实在不可轻忽视之。"

"这……已受大人旗、马,又如何再敢觊觎大人的随身佩剑? 晚辈万万不敢从命。"

虽知段大人这番美意是出于勤政爱民之心,但小言还是觉得有些承受不起,连声坚辞不受。

旁边林旭等人目睹了这一幕,正是张口结舌,心情复杂;鲍楚雄鲍都尉则又开始扩大考虑范围了,努力回想着朝廷中有没有叫"马蹄山"的高官显贵。

见小言推辞,文士出身的段太守说道:"正所谓'宝剑赠英雄',张贤侄英雄年少,老夫赠剑也是理所……啊!"

刚说到这儿,近旁几人却突然觉得眼前乌光一闪,然后便见小言背后那

把不起眼的铁剑竟冲天而起，宛如游龙一般在众人头顶飞舞一圈，嗡然作响，然后一头扎下！

只听咔的一声轻响，如刀入豆腐，飞剑已将小言手中那把太守的佩剑轻轻斩成两截，然后，便传来锵啷一声铁器坠地的声响。

还没等众人想明白这是怎么回事，又见刚才那把飞斩而下的铁剑，唰的一声已不偏不倚地钻入小言左手剑鞘之中。

现在，这把"肇事"的无名铁剑，正从太守那个黄金虎吞口暗绿鲨皮剑鞘中露出仍旧平凡无奇的剑柄来。只是这时，再没人觉得这把剑驽钝简陋了。

"完了，这剑不早不晚，偏在这个时候赌气捣乱，这下可闯了大祸了！"小言心中哀叹，正要称罪之时，却发现太守段大人，虽见自己佩剑被斩断，却并没有生气，相反，看那神色，似乎他对自己佩剑折断一事，还觉得挺高兴。

"想不到贤侄的宝剑竟是如此利器！贤侄你瞧，老夫这剑鞘，正合剑意。既然贵剑已择其居所，贤侄就不要再推辞了。"

段太守只想着赠出了剑鞘，但林旭、张云儿、盛横唐几人，尽皆对小言方才那灵动无比的飞剑之术震惊不已。

正当众人脸上变色之时，同样惊奇的鲍楚雄鲍都尉开口问道："张堂主，你昨日不是说，你不会贵派的飞剑术吗？"

"呵！不瞒鲍都尉，我真不会本门的驭剑诀。只是我这剑有些古怪，常常不待驱使，便自个儿飞到空中，实在让人头疼！"

"原来是件通灵的宝物！"众人顿时恍然大悟，同时都羡慕不已。

同属道门的天师宗三人，目睹小言的神剑，现在也是别有心思——

张云儿一脸欣羡："哇！想不到张道兄的宝剑竟如此神奇！上清宫的宝物真多！"

林旭则暗自不平："想不到上清宫为争得马蹄山福地，不仅给这少年许下堂主之职,还送他如此法宝,真是无所不用其极!"

盛横唐却有些摇头:"唉,宝物归宝物,只是这少年还不懂驱用。真可惜了……"

且不提众人各怀心思,段太守将这几样物事送给小言之后,便让鲍楚雄点齐兵马,他在点兵高台上说了一番鼓舞士气的话,然后便命郡都尉鲍楚雄正式率军出征。

少年张小言终于踏上了未知的征程。

第十五章
纸上谈兵, 岂悟生杀之机

随南海郡郡兵出征路上, 小言并没骑那匹太守大人盛情相赠的白马飞雪。虽然, 他也很想骑在这匹高头大马上尝尝威风凛凛的感觉, 但一注意到鲍都尉、林旭等人的神色, 还是生生将这个念头压了下去。

当然, 这匹白马也不能白白放空。思量一番, 小言便将"身小力弱"的琼容推上马去, 自己则在一旁牵着缰绳充当马夫, 与林旭等人一起步行。

南海郡郡兵大都为步卒, 只有主将鲍楚雄和少数几位校官、传令兵骑马, 因此, 在这条宛若长蛇的队伍中, 那匹神骏白马上的红裳小姑娘, 此刻就显得格外显眼。

现在, 这个初次骑马的小丫头, 正摇晃着脑袋, 不住朝四下张望瞧新鲜, 就好似正踏青郊游一般。

在她马后, 跟着一个掌旗军卒, 手中执着水蓝玄鸟飘金旗。鲜色的旌旗, 在野风中猎猎作响, 金色的旄羽随风飘卷, 金蓝辉映, 煞是好看。若只瞧这面大旗, 倒也觉得威势十足。

此去目的地火云山, 虽然在揭阳县境内, 但因揭阳地域广大, 火云山又在与邻县交界处, 因此离县城也有将近百里之遥。

刚从揭阳县城开拔出来,行军队伍还算整齐,排成一溜长蛇,顺着官道迤逦而行。但过了一个多时辰,队列就有些散乱起来。头顶着骄阳行进,军卒们全都汗流浃背,便不免有些懈怠起来。

这一情形落到鲍楚雄眼里,自然大为不满。不过鲍都尉是带兵的积年老手,心想现下离火云山还远,头顶上这日头也着实灼烈,若就此呵责军卒,恐怕会影响士气。这么一想,鲍楚雄便睁一只眼闭一只眼,暂且随他们去了。

漫漫长路,颇为枯寂,免不了便要让人寻些话。正行走间,小言便听天师宗的那位盛横唐盛师兄开口跟他说话:"张堂主,昨日见你演练符法,确实不凡。不过恕我直言,贵教似乎并不以符法见长。不知张道兄最擅长何样法术?若能惠告,我等也可心中有数,此去与妖人斗法之时,彼此也好有个照应。"

"盛师兄所言甚是。要说我最拿手的嘛,应该便是……"说到这儿,小言却卡了壳。

要说自己最擅长的法术,当然得数灵漪儿教的那招冰心结,只可惜昨日那场演示有点搞砸了,这法术显然已被问话之人自动忽略掉了。

又或是水无痕?辟水诀?瞬水诀?可这些法术在自己上得千鸟崖后,就有些疏于练习了。

正当小言左右为难之时,旁边忽然响起一个脆生生的声音:"哥哥最拿手的,一定就是吹笛啦!"

"吹笛?"一听此言,众皆愕然。

"是啊!"小琼容满怀热情地为小言做着推介,

"堂主哥哥吹笛最拿手,有时不用笛子都能吹响!"

"不用笛都能吹响……口哨?!"

瞧着琼容稚气未脱的娇俏面容，附近几人立即都有些忍俊不禁。便连前面端坐在黄骠马上，正虎着一张黑脸的鲍楚雄，都没能把这突如其来的笑意憋住："哈哈！这小丫头说话好生有趣！"

不过，小言倒没觉得琼容这话有啥好笑，当即他便一拍脑袋，恍然大悟道："哎呀！我咋没想到？琼容，谢谢你提醒！"

"盛兄啊，我最拿手的，正是吹笛！各位要不要听我吹首曲子？"说着，小言便伸手要去取腰间那管玉笛神雪。

"咳咳！"鲍楚雄闻言，赶紧回头将手一摆，拦阻道，"张堂主！我看还是不必了。行军途中吹曲，恐怕会扰了士气！"

"呃，这倒也是……"小言这才想到此举不妥，只好讪讪笑了两声，继续专心当好他的马夫。

见此情形，盛横唐便好心叮嘱道："张道兄，如此看来，到与妖徒斗法之时，你可让我等打前阵。你只需在这玄鸟旗下居中策应便可。"

"……谢谢盛兄美意！"

这番对答之后，倒是张云儿见琼容神态可爱，便开始逗她说话。只是，此后无论她怎么逗引，马上的小姑娘却再也不肯多说话，只在那儿看着她嘻嘻笑个不停，一双眉眼弯成两道可爱的月牙儿。

鲍楚雄率领郡兵行到距火云山还有几里的一处洼地，便停步勒马，收勒部曲，暂作休整。除了整顿队形、派出斥候之外，还有一个重要的工作，便是让盛横唐、张小言二人在军卒衣甲上绘制避火符。

这类符咒，大都有时效限制。为发挥最大效用，两人在快接近战场之时才开始为军卒描绘符箓。

此时大约午时将尽，日头已从正南略略偏西，军卒腹中大多饥馁，便借着这个机会，就着皮囊中的清水啃食干粮。

等斥候跟鲍楚雄回禀匪情无变时，小言二人已在所有兵甲上绘好了避火符。鲍楚雄一声令下，这队约略三百人的军士，便军容整齐地朝火云山开拔而去。这之后，再无一人随便交头接耳，或拖后超前。

不到半盏茶工夫，小言便清楚地看到，在数里外的湛蓝天空下，耸立着一座遍体赤红的山峦。之前鲍都尉曾提过火云山并不险峻，小言便在心目中将火云山想象成了一个秃平的山丘。直到这时亲眼一瞧，才发现自己心中预想的大为谬误。

远远望去，火云山山势巍峨，峰峦奇峻。山上岩石，或呈赤赭，或显紫红，如染嫣霞之色；坡上林木，虽正值七月夏时，却似已被三秋霜染，漫山红遍，偶有热风吹来，便掀起红涛阵阵。

在七月烈阳照耀下，整座火云山红光灼灼，焰气蒸天，就像一支硕大无朋的火炬，正在天穹下熊熊燃烧。峰顶上空聚敛的云朵，形状奇特，似舟似崖，被赤色山峦一映，如若彤色棉绒。正是：火云满天凝未开，飞鸟千里不敢来！

正当小言惊叹于天工造化神奇之时，马上的琼容忽地探身跟他小声说道："哥哥，那山好奇怪哦！"

"是啊！我也是头一次见到这样奇怪的红石头山。不过挺好看的。"

"嗯！不光好看，也很好闻呢！"

说着，琼容便皱了皱鼻头，使劲嗅了起来。

"呃？……琼容妹妹啊，我看你这鼻子真灵，都快赶上狗鼻子啦！不如下次和哥哥一起去打猎？哈哈！"

"好啊好啊！一定不要忘记带上我哦！"

正当小言跟琼容逗笑之时，沉默已久的盛横唐忽然大声说道："恭喜都尉大人！"

盛横唐这句话着实没头没脑,鲍楚雄觉得有些奇怪,便回头问道:"盛道长,尚未开战,喜从何来?"

"大人且容我细禀。贫道曾跟天师真人习过观气之术,可测军战胜负。"

"哦?快快讲来!"一听有关胜负之事,鲍楚雄立马大感兴趣。

"大战之前,战场上方常有云气凝结。若云气如堤如坂,则为军胜之气。若如覆舟,赤白相随,则主将士精勇。大人请看——"

盛横唐抬手向远处的火云山一指,说道:"此刻四方云气正在向火云山聚集,或如巨舟,或如堤坂,流转变幻,红白相间,正是主我方大胜之气!"

鲍楚雄闻言大喜,立即命身旁小校,骑快马往复奔驰,将盛横唐之言遍传军中。

兵丁听得传报,顿时欢声大作,笑声此起彼伏,尽皆加快步伐,恨不得立即扑上大风寨厮杀。

鲍楚雄见郡兵士气高涨,心中大喜,向盛横唐谢道:"能得几位高强法师相助,那些鼠辈怎会不束手就擒?"

不多久,这支士气高昂的剿匪军伍便行进到了火云山下。

到达目的地,鲍楚雄勒住战马,略略整顿队形,便要下令命军士一起向火云山上冲击。正要扬臂喝令之时,忽见马前闪出一人,拱手禀道:"不知将军准备如何破敌?"

定睛看去,鲍楚雄发现说话之人正是天师宗弟子林旭。鲍楚雄现在对这几位天师宗弟子正是倚重,见他发问,便温声答道:"既得几位相助,麾下儿郎又不惧火气,楚雄预备就此一鼓作气攻上山去,将大风匪寨一举荡平!"

"将军此法虽然甚妙,但也许还有更好的破敌之方。"

"哦?愿闻其详。"

见鲍楚雄感兴趣,林旭便将自己一路筹划的计策娓娓道来:"那些贼徒虽然不敌将军勇力，但正所谓'穷寇勿迫'，这些草寇都身负血债，到了穷途末路之时，定然会死力抵抗。并且，这些亡命之徒还有地利之便，比你我更熟谙火云山地形。若他们据险而守，负隅顽抗，恐怕将军一时也难以攻下。"

听林旭说得有理，鲍楚雄不住点头。

"还有一点也颇为可虑。军卒身上的避火符，过得两三个时辰，效果便要大打折扣；再加上厮杀间难免浸染血迹，符力恐怕更难持久。若到两军胶着之际，那鼠辈妖人再躲在暗处，趁便向在狭窄处拼杀的郡兵放火，恐怕那时就……"

虽然林旭并没有再说下去，但鲍楚雄已知其意。本来他还信心满满，但现在听林旭这么一分析，也变得有些迟疑起来："如此说来，若径直杀上山去，恐怕又要上演那赤壁旧事……不知林道长有何良策？"

"大人可用'抛砖引玉'之计。兵经有云：'抛砖引玉，类以诱之，击蒙也。'"

"道长的意思是，将那些山匪诱下山来，然后一举歼灭？"

"正是！蒙者，上艮下坎之卦。上艮为山，下坎为水，山下有水，险也。若大风寨匪寇在山下平处与将军兵马对敌，则敌寇大险，将军必胜。到那时，若鼠辈妖人不知机，敢再出来捣乱，则我等几位师兄弟，定叫那厮来无回！"

"果然是妙计！"听得林旭这一番高谈阔论，鲍楚雄鼓掌赞道，"想不到天师宗诸位道长，不仅法术了得，于兵法也是这般娴熟，着实让楚雄佩服！我这便命人准备些金鼓旌旗，去火云山大风寨前鼓噪诱敌！"

"呃……请恕在下直言，此种诱敌之法，效果未必就好。"

"哦？"

"旌旗金鼓，只疑似也。兵经'类以诱之'之语，意指需用类同之物诱敌，这样才可以假乱真。大人可分出七八十名兵丁，让军中校官带领，去大风寨前攻击喊杀，如此那些匪寇才能深信不疑。否则，那些贼寇龟缩已久，不一定会上当。"说话之时,林旭神采飞扬,言语间透着强大的自信。

"哈哈！林道长果然是年少多智,算无遗策,真不愧为人中俊杰！难怪你师兄之前看出有军胜之气。有林道长相助,楚雄何愁不胜？这次若得凯旋,第一份功劳非阁下莫属！"

"不敢当不敢当！"林旭口头虽然谦逊有礼,但脸上还是掩饰不住一丝喜色,"在下只是略尽绵力,全仗大人将士骁勇而已。"

略顿了顿,林旭谦恭地请求道:"此战得胜之后,不知都尉大人能否帮我门派一个小忙？"

"哦？有用得上鲍某之处,只管说来！"

"其实也不是什么大事。番禺地方我门派几位门众,先前因一些琐事遭官府抓捕,至今仍身陷囹圄之中。只望都尉大人凯旋之后,替咱在太守面前美言几句……"

"哈,小事一桩,包在鲍某身上！"鲍楚雄拍着胸脯大打包票,然后便依林旭方才所献计策安排去了。

现在,不仅鲍楚雄一众将士眼中只有林旭这几位天师宗弟子,便连上清宫四海堂堂主张小言耳闻目睹了林旭整个献计过程之后,心中也是叹服不已:"天师宗这几位道友,真个是人中龙凤！特别是这位林旭林道兄,于战阵兵法竟是如此精熟！虽然我也曾读过一些兵书战策,可就是不曾想过要将它们用到实处。"

赞叹之余,小言打定主意,等开战之后,定要唯林旭等人马首是瞻,从旁尽心协助。

火云山脚下,所有人都在为即将到来的战斗进行着最后的准备。

不知不觉间,众人头顶的天空中,已是彤云密布。

千里云阵下的火云山,偶被骄阳一映,便呈现出血一样的猩红。

第十六章
红烟射日，一炬便成焦土

听了林旭的计策，鲍楚雄大赞神妙，立即命手下孙校官率一队人马鼓噪着杀上山去，务必将大风寨群寇引到眼前空地上来。

待孙校官点齐人马，领命而去，鲍楚雄便带着余下的二百多名军士潜藏到附近山林中，只等那些匪徒过来，便一齐杀出。

瞧着眼前万无一失的布置，鲍楚雄心下颇有几分得意："这些个无谋草寇，用这等计策对付，是不是有些抬举他们了？此战胜负已定！"

一想到即将到来的合围战，鲍楚雄便兴奋不已，在那反复检查明光铠的环扣，将手中大环刀在甲衣上反复磨擦，一刻也静不下来。

折腾了一会儿，求战心切的鲍都尉便开始不停地从树缝中向林外覤摸，只等孙校官等人将那些匪人引来。

大风寨的匪徒并没让鲍都尉久等。诱敌之兵派出去还不到半盏茶工夫，林中伏兵便听到林外一阵叫嚷喧哗之声传来。

只见孙校官正领着五六十残兵慌慌张张地退过来，他们身后，一群匪徒正狂呼乱嚷地紧追不舍。前面这群官府"败兵"，若从背影看去，似乎正狼狈不堪，慌不择路，但小言、鲍楚雄等人在正面看得分明，这些南海郡的郡兵，个个都神态自如。

"好小子,真有两下子! 不愧是跟了我鲍楚雄多年的老部下!"暗赞之余,鲍楚雄做了个手势,让弓箭手准备放箭。

片刻之后,待山匪再迫近些,鲍楚雄瞧得清楚,那群匪寨追兵不过五六十人的样子。

"嗯? 好像少了点。莫不是剩下的都饿得走不动道了? 还是……"正当鲍楚雄狐疑之际,忽望见匪群之中缀后一人,正是他朝思暮想、直欲擒之而后快的大风寨寨主金毛虎焦旺!

此刻,焦旺正在那狂呼乱喊,不断催促手下加快步伐。

一瞅见焦旺,鲍楚雄疑虑全消,一股怒火直往上蹿。再细细一打量,焦旺身边这股贼人数目的确不多。

"哈哈! 焦贼,这次看你往哪里跑!"

当即,鲍楚雄便大吼一声:"儿郎们莫忙放箭,且跟我冲! 今儿个老子要抓活的! 活捉匪首金毛虎者,重重有赏!"

说完,鲍楚雄一马当先从林中蹿了出去。见都尉大人冲出,林中伏兵尽起,发一声喊,跟在后面疾冲而出。

小言、林旭等人待军卒悉数冲出之后,也跟着出得林来,并且随时警戒,准备对付暗中放火的妖人。

林中伏兵一出,那些正在逃跑的郡兵立即反身杀了回去。身后追得较近的匪徒,措手不及之下,顿时便有十几人横尸当场。

正一心追敌的金毛虎焦旺,忽见死对头鲍楚雄率标下军马从旁边树林中席卷而出,顿时大惊失色。这等情形下,稍一迟疑,便是灭顶之灾。

不过,值此危急关头,也不用劳烦焦旺招呼,他手下这帮兄弟已经裹挟着他往回飞跑,那架势奔得比兔子还快。

乱军之中,形容彪悍、脸上遍布刀痕的焦大寨主,还不忘回头破口大骂:"鲍楚雄,你这杀千刀的!敢用这等下三烂手段暗算你焦爷爷!"

"哈哈!你这中计的蠢货还敢自称爷爷?今日鲍某就叫你死无葬身之地!"

嘴里回骂着,鲍楚雄紧催胯下战马,在其后紧追不舍。不过,山地多坑洼,骑着战马奔跑反倒不快。鲍楚雄追得甚不爽利,立即翻身下马,提着大刀,迈开大步就和手下军卒一起向前追去。

此时小言、林旭等人,也跟在郡兵后面向前行进,时刻搜寻左右,提防妖人暗中施法。心中担心贼人流矢,小言便将琼容从白马上抱下来,让她紧跟在自己身后。

大风寨的匪贼,南海郡的郡兵,就这样一前一后追跑下去。

"晦气!这帮贼徒看似没吃饱饭的样子,可跑起来还真叫快!"眼见兵匪之间一直若即若离,鲍楚雄不免有些焦躁起来。

他前面这些大风寨的匪人,就像屁股上点着了火一样,两腿奔得飞快,在郡兵前面不知疲倦地疯跑。

不过,让鲍都尉颇感欣慰的是,这次一路追去,并没有再出现阻住官军去路的火焰。

"哈!看来妖人也挺知趣,晓得有天师宗高人坐镇,便不敢出来触霉头!"

鲍楚雄心情大好,脚下步子加快了不少。

不过,方才负责诱敌的孙校官,现在却觉得有些奇怪:刚才他在半山道上遇着的这些山匪,现在并没有照原路逃回山寨,而是绕着山坡朝火云山深处跑去。不过,瞅瞅前面这群匪人队形散乱不堪,应该已是慌不择路了。

"嗯,想来应是山匪不想把官兵引进老巢去。不过焦旺这厮,这次可就插翅难飞了！"

不知不觉间，追兵已来到一处三面环山的谷地之中。

这处谷地，由三面平缓的山坡围成，正面则对着高耸的火云山。周围山坡上长满叶色嫣红的林木，枝丫交错，密不透风，脚下则是遍地的红褐茅草，军卒膝盖以下尽没草中。自高山上吹下的风，带来一丝让人压抑的炎气。

身处这赤色的山坳，就好似站在一片燃烧着的阔大火场中。天空中笼罩的彤色云团，给这片火场投下巨大的阴影。

见了这奇特的地形，再看看前面那些正忙着朝林中散去的匪人，小言心中忽然一动："奇怪，这情形怎么这么熟悉？就好似刚有人跟我提起过一样……不好！这、这不就是林旭那招'抛砖引玉'？！"

就在小言突觉不妙，刚要大声提醒鲍都尉之时，只见一直忙着逃窜的金毛虎焦旺，忽在山坡林前停住，回身阴阴一笑，朝这边好整以暇地说道："鲍大人啊鲍大人，谁不知我金毛虎智勇双全？敢在我面前玩这种把戏！好，老子今天倒要瞧瞧，到底是谁死无葬身之地！"

焦旺话音刚落，便听得一声梆响，一阵箭雨从林中应声飞出！

这通暗箭来得如此突然，冲在前面的郡兵来不及用盾牌遮挡，立时便应声倒下十几人，便连鲍楚雄铁铠遮护不到的左臂上，也被射上了一箭，血立时就流了出来。

见主将受伤，那些军卒立即举盾冲上来，将鲍楚雄护到后面。

此刻，小言忍不住朝那个天师宗弟子瞧去，只见林旭那张白脸上已现出几分红色，显然正羞惭不已！

不过，虽然南海郡郡兵被贼徒出其不意的迎头一击打蒙，折损了些人手，但这些经常剿匪的军卒经验丰富，待最初的慌乱过后，立即反应过来，围成一个首尾兼顾的圆形大阵，阵中所有人都举起盾牌，护住头脸，最外侧的军卒则单膝跪地,矛刃向前,用盾牌护住整个身形。

在这样严密的防护之下,此后郡兵便再无多少损伤。与此同时,贼寇从林中射出的箭矢,渐渐稀疏起来。不一会儿,密林中便不再有羽箭射出。看来匪人的箭矢存量不多,此时已经告罄。

见此情形,鲍楚雄忍着痛,高声喝骂道:"焦旺,你这卑鄙贼子,只凭这就想暗算到你鲍爷? 若让我逮住,定将你碎尸万段!"

"哈! 好好好,那我就等着! 不过可别让老子等得太久!"回敬了一句,焦旺在箭矢及身之前,哧溜一下闪进林去。

见瓮中捉鳖不成,还被王八反咬一口,鲍楚雄顿时被气得七窍生烟,决定再也不管啥劳什子"逢林莫入"。气急败坏的郡都尉,一把将臂上射入不深的箭矢拔出,狠狠折断摔在地上,举刀向前,就要下令追击。

就在鲍楚雄那刀还停在半空中时,众人耳中忽听得轰隆一声,再去看时,便见阵前草地上已燃起冲天大火!

带着一丝炎气的山风正顺着山坡吹来,平地暴起的大火借着风势向郡兵圆阵探出凶猛的红舌,火浪铺天盖地而来,就似要将这火海中的孤岛一举吞没!

遭此巨变,原本整齐的郡兵圆阵立即松动散乱起来。这些军卒,虽然衣甲上都绘着避火符,但在惊人的火势之前,眼见火苗朝自己身上蹿来,还是免不了本能地朝旁躲闪。

风助火势,郡兵脚下那些红色茅草,也渐渐燃烧起来。一时间,马嘶人叫,沸反盈天,乱成一团。

"那放火妖人还是动手了!"

当即,天师宗弟子,包括那八九个门众,迅即取出清水符箓,朝阵前火海掷去。这些天师宗秘制的符箓,一触火舌喷出的炎气,便化作条条水龙,朝

火焰扑去。

在这些清水符箓连接而成的水幕之中，火场灼燃的势头便渐渐被遏制住了。不过，火场面积甚广，仍有不少符箓未到之处，火苗便借着风势，仍旧向众人袭来。

就在此时，只见天师宗女弟子张云儿从袖中取出一符，扬手朝空中掷去，然后口中便飞快地念起咒语来。在急急的咒语声中，那张飘在半空悠悠荡荡的符箓忽然青光四射，发出耀眼的光华。待光华稍微淡却，众人便见那处正有一青光闪闪、硕大无朋的"凪"字凝住不动。

顿时，和这凝滞不动的符字一样，原本漫天飘卷的山风，一时间俱都消歇。随着山风消逝，众人脚下正自蔓延的火苗，也止住了凶猛的势头。

在天师宗弟子符箓和琼容泼水法术的配合下，这片人造火场的声势终于小了下去，只剩下零星的火苗还在不甘地闪动。

"呼！想不到妖人的放火之术竟如此厉害！不过幸好有天师宗高人在此。"虽然遭遇过几次放火术，但如此凶猛的势头，鲍楚雄还是头一次遇到。因此，心有余悸之余，不免暗自庆幸。

"看来这次剿匪，还是要打起十二分精神应付。"现在，鲍楚雄已不似先前那般乐观了。

"弟兄们且听清楚！我等暂且向后退避一下，眼前地势不利我方作战。"

这一把火，终于让鲍都尉恢复了冷静，瞧出眼前这地形分明就是个合围之势，绝非久留之地。

"哈哈，想逃？没那么容易！"正当郡兵有条不紊向后撤退之时，忽听得坡上密林中又传来一声狂妄的大笑。鲍楚雄听得清楚，说话之人正是贼人头目金毛虎焦旺。

伴随着这一声断喝，前面密林中，猛然响起一阵奇怪的嗥啸之声，有若雷鸣。

正当众人惊疑之际,有成百头凶猛山兽从密林中疾奔而出,似发了疯一般朝他们冲来!

在这些猛虎恶狼身后,那些先前已经逃走的大风寨匪寇重又狂呼乱叫地奔杀出来,只等前面这些猛兽冲开一条血路,就要跟上来大战官兵。

这一次,冲杀而来的匪兵足有一百多人,看来已是倾巢出动了。

"弟兄们不要慌!拼了命也要给我顶住!逃都没用,转头就是死!"

面对眼前古怪情形,鲍楚雄丝毫没有慌乱,言简意赅地朝那些已被惊住的郡兵发布着军令。

见情势急转而下,天师宗众人赶紧朝阵前施放符篆,意图阻住那些疯狂的猛兽。

此时,林旭、盛横唐、张云儿等天师宗主力,全都使出了看家本领,或祭出爆炎飞剑,或施用寒冰神符,或展开千幻丝萝,只想阻住这些野兽势如山崩的冲击。

小言见情况危急,赶紧叫琼容朝那些猛兽落蹄处放出火海,意图阻它们一阻,他自己则飞快使出冰心结,远远施放到山兽身上。

在小言诸人的全力阻挡下,那些疾冲而来的猛兽的前进势头略缓了一缓,但还是义无反顾地朝着这边冲撞过来。眨眼之间,便已有郡兵跟野兽厮杀起来,喊杀之声与咆哮之声响作一团。

"孙校官!给我带人护住阵后法师!"

鲍楚雄看出来了,不管先前林旭的计策如何,这些道教法师已是自己今日全部的希望所在。剿灭匪徒的宏愿,已成镜花泡影,现在问题已变成,如何才能把尽量多的南海子弟活着带回揭阳去。

正当孙校官带人朝林旭、小言等法师收缩时,异变又生!

就在兽群与兵阵接触之时，忽有一人从一匹身形巨硕、毛色似铁的獒狼腹下翻身而起，跨坐到獒狼背上。忽然冒出之人，面如蓝靛，体格伟巨，长得就如凶神恶煞一般。

巨汉端坐在獒狼背上，仰天狂笑，将手中一只赤色葫芦随意点洒，只见成百上千只火焰身躯的明焰蝗虫，从葫芦口蜂拥而出，扑扇着火色羽翅，朝郡兵飞舞而去！

顿时，不少郡兵的衣甲上便爬上了这种闪着明耀光焰的瘆人火虫；脚下的红草地，重又腾起熏天的火焰。眼前的战场，浓烟迷漫，火浪吞天，不时响起阵阵凄惨的号叫。

虽然所有军士身上都预先绘有避火符，但看妖人这手段，恐怕撑不了多少时候。

眼见妖人现身，林旭、盛横唐、张云儿几人，立即挥剑迎上前去，各使看家手段，敌住这个凶神，不让他再有闲暇放火。

在此之前，鲍楚雄已冲上去一回，想与巨汉一决雌雄，但在一照面之间，他手中的大环刀就已被巨汉的重斧一下子磕飞，两臂也被震得酸麻，几不能转动。巨汉暂放下赤色葫芦，要来专门对付他时，已有鲍都尉的亲兵拼死冲上前来，将赤手空拳的鲍楚雄抢了回去。

眼见实力相差太大，悍不畏死的鲍都尉长叹一声："罢了，这妖人还是让天师宗诸位道长去对付吧。我还是组织人马抵住兽群匪徒吧。"

取过手下递来的一把环首大砍刀，鲍楚雄重新振奋精神，率领部下与眼前这些敌寇猛兽苦苦周旋。

有了刚才鲍都尉的教训，现在三位天师宗门人并不与巨汉硬拼，只围着他走马灯般来回缠斗，确保他无暇再向郡兵放火。

开始时，林旭等人觑得空处，还向巨汉扔了两三次符箓，让巨汉吃了不少亏。只不过，巨汉也委实勇猛，林旭等人并没寻到多少这样的机会。并且过了一阵，即使瞅得空当，也不能再腾手施用符箓了。他们怀中存货均已告罄，又无暇在现场制作。因此，现在这四人正战得难解难分，一时难以分出胜负。

就在烟熏火燎、狼奔豕突之际，南海郡郡兵渐渐有些抵挡不住，死伤人员渐渐多了起来。

再说上清宫的少年堂主张小言，手上与那些天师宗成员助着郡兵抵挡敌寇，脑海中却在紧张地思索着一个问题："按理说猛兽畏火，但为何眼前这些虎狼禽兽，见着眼前妖人所放火焰，却仍然不管不顾只管冲击？"

用冰心结冻住几只山狼之后，离兽群略近了点，小言透过迷蒙的烟火，仔细观察起这些不停扑击的猛兽来。

拼着呛了几口浓烟后，小言终于发现，在这些猛兽的臀背上，都有一小块妖异的明火在静静地灼烧。

"咳咳，咳咳，原来如此！"张小言一边咳嗽，一边紧张地思索着对策，"怎么办？让琼容四下泼水？

"不妥！像这兵荒马乱之际，到处是虎狼乱窜，到处是兵匪奔杀，以身后小丫头一人之力，如何顾得上这满场飞窜的野兽？一个不好，还很可能会被乱军踩倒！"

此时眼前四处烟火弥漫，喊杀之声震耳欲聋，阵阵惨叫、嚎叫之声，不停撞击着小言的耳膜。眼前这奇异惨烈的战场中，人兽交错，难分彼此。虽然山兽数目只有百来头，但往往三四个兵丁才能堪堪挡住、杀死一头疯狂的野兽。

呛鼻的烟火味中，不时飘来阵阵难闻的皮肉焦臭味。远处，那些准备坐收渔利的大风寨匪徒，正在林前好整以暇地观战，不时发出无比放肆的狂笑讥骂之声。

在这漫天纷乱之中，小言的心神却彻底沉静了下来。

只在电光石火之间，小言脑中已转过无数念头，片刻后做出的最终决定，却已是经过了反复斟酌。脸上熏了几道横竖烟痕的小言，正露出几分无奈的神色：唉，不管如何，如今也只有这样了！

"琼容，快跟哥哥一起走！"

打定主意的小言，回身拉住一直倚靠在背后的琼容，朝阵后那匹正被烟火熏得焦躁不安的白马飞雪奔去。

飞身上马之后，小言又将小琼容拽上马。

"哥哥，我们要先走吗？"小姑娘在小言背后疑惑地问道。

只是，小言哥哥并未回答，只往横里一带马缰，只听白马唏溜溜一声长啸，就此朝与战场相反的方向奋蹄而去。

身后，正在与师兄妹一齐围攻巨汉妖人的林旭，听见白马长声嘶鸣，回头一望，正瞧见小言打马离去的背影。

"这个懦夫、胆小鬼！"林旭忍不住骂出声来。就这一分神，他手中那把铁剑差点被巨汉的重斧扫落！

第十七章
目电声雷，长舒龙吟虎啸

伴随着嗒嗒的马蹄声，小言、琼容二人很快便将喊杀声震天响的战场抛在了身后。

待身边弥漫的烟雾逐渐消淡，重又能看清眼前的天地云林，小言勒住白马，翻身跳下。见哥哥下马，琼容也轻盈地飘身而下。

回望来路，隐隐听得在烟接云天之处，有阵阵马嘶人沸之声传来。但因隔得较远，若不仔细分辨，还会以为那里只是一处嘈杂的集市。

"嗯，此处空气澄净，待会儿便不怕浓烟呛着鼻子了。"小言飞快扫了四周一眼，正准备动手之时，忽听琼容在身旁迷惑地问道："哥哥，我们不回去了吗？"

"不，把那些坏人打败再回。"

"也好！可琼容看不到那些坏人了呀！"

"呵！没关系，哥哥马上就给你变个戏法。不过琼容你得帮哥哥一个忙。"

"好！"小姑娘闻言立即挺胸抬头，只等哥哥交代任务。

"马上我便要吹笛，若有扎着黑头巾的坏蛋来打扰哥哥，你便拿刀子把他赶开！"

"好！"小姑娘也不问小言为啥要吹笛，只将手中一对明晃晃的短刀舞成了两朵花。

"很好！还有件事，琼容你也一定要记住。如果有一天你找不到哥哥了，便去一个叫饶州马蹄山的地方，跟人说你是张小言的妹妹，那样就一定能找到我了！"

"好！可是，琼容为什么会找不到哥哥呢？哥哥身上好闻的味道，琼容一直都在想着，不能忘记！"

"这……这个以后再告诉你。"小言看着她，柔声答道。

打定主意要以神曲《水龙吟》震退群兽的小言，一想起那次自己在马蹄山上试奏神曲时九死一生的情景，便禁不住神色黯然。

轻抚了抚身前小姑娘柔顺的发丝，小言便转身面对家乡饶州方向默默祷祝："爹，娘，如若孩儿殒命于此，今后你们就把琼容当女儿吧！"

祝毕，一脸肃然的小言便再无犹豫，手直奔那把玉笛神雪而去。

且略过这二人不提，再说天师宗林旭等人，却是越战越心惊。瞅着眼前狼骑上上身精赤、肌如虬结的蓝面巨汉，林旭心中大为惊疑："怪哉！这些下三烂的草寇，从何处寻来如此勇猛的强人？眼前这厮不唯武力法术俱高，似乎还颇有心计，显非寻常妖物，但如何会心甘情愿替这帮身负血债的草寇出头？"

当是时，他身周这片烟雾弥漫的战场上，在凶兽咆哮声中，军卒惨叫之声越来越多，显见是渐渐抵挡不住了。而不远处密林前，百来个体力充沛的匪人正作壁上观，他们虎视眈眈，只等官军精疲力竭之际，便要上来冲杀。眼前战况已到了最坏的地步，眼见便是全军覆没之局。

虽然林旭正和师兄妹一起极力与那巨汉缠斗，但对眼前战局的情势仍是一清二楚。这位天师宗的青年俊杰，不知怎的，脑海中忽然闪现出上清宫四海堂堂主策马逃去的背影。

　　不过，现在林旭心中已是无比平和："罢了，他才只是一个少年，大难临头惊惧而逃，也属自然。我也不必笑他。"

　　一想到这儿，这位天师宗弟子心里一动，格挡几下，寻得一个空隙，便出声对身旁正奋力对敌的少女说道："云妹，今日你便先走吧。"

　　"不错！"话音刚落，便听素来沉默少言的盛横唐接茬厉声喝道，"云儿，你一个女孩家，留在这里反倒碍手碍脚！"

　　"……"张云儿并未回答，只把手中三尺青霜剑舞得更急。

　　"哈哈！你们汉人说，'人为财死，鸟为食亡'，这话太对了！今儿个你们便都去死吧！"一直默不作声的凶狠巨汉，忽如雷鸣般吼出一句，直震得人耳膜嗡嗡作响。

　　话音一落，就见巨汉将左手中的赤色葫芦奋力往空中一抛，剩下的火虫便从在空中翻滚的葫芦中抛撒出来，向战场中四下飞去。

　　随即，正奋力鏖战的军卒们便见身周烟火之势大涨，只觉得一股强劲的火炎之气扑面而来，直被迫得喘不过气来。几个军卒身上的衣甲先是冒起几缕青烟，然后呼的一声腾起火苗来。

　　一直身处火场之中的南海郡人众最担心的事终于发生了：自己衣甲上的避火符，就快要失效了！

　　对官兵而言，战局已到最危急的关头。

　　就在鲍楚雄等人快要绝望、大风寨匪徒摩拳擦掌之时，忽听得半空云天里似乎正飘来一阵乐曲之声。

　　这缕只是隐约传来的乐音，听来却是如此清冷缥缈，淡乎如深渊之静，泛乎若不系之舟，让正陷于酷炎火气的郡兵似嗅到了一丝久违的清冷水汽。

　　"这、这是谁在火云山中吹笛？莫、莫不是那个上清宫的少年？"

"唉，现在甭说这样的小曲，即使用龙钟鼍鼓，也无法挽回眼前的败局了。"

听得这缕笛音，林旭、鲍楚雄等人都是一脸苦笑。

不过，那些郡兵听了缥缈的笛声，精神倒是振奋了不少，又重整旗鼓，奋力挡杀起来。

只是，渐渐地，战场内外人众发觉随着笛声飘飞，四周的天地变得有些异样起来：天顶的彤云已在不知不觉中换了颜色，由明火一样的亮红，逐渐转变为滞重的墨色。原本轻薄明快的云阵，现已渐渐厚重起来，铺天盖地，像一口黑锅，将整个火云山倒扣其中。而在黑色云幕之后，正有无数个沉重的闷雷，在低低地嘶吼咆哮。

现在火云山山坳中熊熊燃烧的火焰，似已变成了黑夜中的篝火。正是：

乌云郁而四塞，

天窈窈而昼阴。

雷殷殷而响起，

风萧萧而并兴。

见着古怪的天变，无论是蠢蠢欲动的匪徒，还是苦苦缠斗的人兽，全都不自觉地放缓了动作。

风起云涌、天地变色之际，那抹先前影影绰绰的笛声，现在却变得无比清晰，正伴随着天边的闷雷，将每一个跳动的音符传入众人耳廓，就好像吹笛之人正在自己耳边吹奏。

随着一声飘于云端的笛音流水般急转而下，那些正被烟熏火燎的南海郡郡兵忽觉脸上触得几点清凉，还没等他们反应过来，倾盆大雨便已从天而降。千万道粗壮的雨柱仿佛天河倒挂，将天地连接到一处，地上原本四处肆虐的火舌被这突如其来的天水瞬间浇熄。

"哈哈！真是老天有眼！"

眼看着便要遭火焚之灾的南海郡郡兵，见着从天而降的雨水，顿时都有了一种死里逃生的感觉。

战场之中，处处冒起火苗被雨水浇熄后产生的缕缕青烟。这些带着几分水火腐气的烟味，在鲍楚雄等人嗅来，却觉得是如此沁人心脾！

只不过，这场于官兵而言不啻久旱甘霖的暴雨，对那些大风寨匪人来说，却是大大的不合时宜。匪首金毛虎焦旺正在雨水中大骂老天爷："倒霉！晦气！这贼老天！火云山从来干旱，我们平时攒点水都不舍得大口喝，怎么这节骨眼上给我来场雷雨?!"

不过，让他略感欣慰的是，战场中那些被己方驱策的猛兽，虽然身上那朵"神火"已被浇熄，但仍然按着方才争斗的惯性，继续扑击着眼前的官兵。

"……不对，这笛声有古怪！"

场中诸人，只有巨灵神一般的怪汉，觉得眼前这场豪雨与仍旧飘荡而来的笛声大有关系。

刚一念及，却听得原本透着一股清灵之气的连绵笛音戛然而止，就此消逝无踪。

"呼！如此正好。今儿个老子可没啥心情听小曲！"

虽然只是一支笛曲停歇，巨汉却忽觉自己顿时轻松了不少。

随着笛音消逝，恼人的雷雨渐渐变小许多，只在那儿淅淅沥沥飘洒着若有若无的雨丝。

正当巨汉与大风寨群匪暗自庆幸之时，猛然又觉得有什么地方不对劲——眼前原本动荡不安的战场，怎么渐渐静止下来了?!

觑眼观瞧，却发现原本阵中正自不停扑击的山兽，突似集体中了魔咒，一齐放低身形，潜伏爪牙，只留兽目仍在乌云阴影中灼灼闪动。

这一场景，着实诡异，便连那些正跟猛兽搏斗的郡兵，也看得懵懂，一时不敢轻举妄动。所有与猛兽邻近的军卒，全都执械小心戒备，提防这些似乎正在蓄势的猛兽暴起伤人。

不过，巨汉此时却有不同的感觉：他胯下那头獒狼，虽然仍在尽力支撑着自己的重量，但他明白，这头自己精心驯导的凶猛兽骑，现在正四足发颤！

"不好！中了他们的奸计！这些夺宝贼子，果然没这么简单！"

虽然不明白到底发生了何事，但这个貌似粗莽的巨汉心中很是清楚，今日发生如此多的古怪，一定是眼前这些狡猾的人，又在暗中施展了某种让人恐怖的诡计！

就在双方僵持不下之际，忽听得一声有若雷霆般的吟啸正从遥远的天际破云而来！

这声突如其来的吟啸，横冲直撞，惊心动魄，恰如苍龙长吟于九霄，澎湃奔腾，如震如怒，从浩渺的天穹划空而下，在火云山山野中震林撼岩，震胆摧肝！

自这一声起，那威慑人心的磅礴吟啸，便时断时续盘桓于苍穹之中，撞击着众人的耳膜，似乎在云天之外，正有一条遨游天宇的神龙，乘云气，御天风，睥睨众生，鳞爪飞扬，向火云山山野中卑微的生灵傲然宣示：绥我则安，抗我则苦；顺则在青云之上，逆则堕九渊之下！

在无上威严的吟啸声中两股战战、心神摇摇的众人，只在声声龙吟袅袅余音里，才能发现，有如神咒般的啸鸣，音色竟与方才的笛声如此相似。

很难想象，同一支笛管，方才还奏出了那样轻灵冷冽的柔逸乐曲！

伴随着声声有如龙吟一般的笛音，盘踞在火云山上空的乌黑云阵后，低沉的雷声一直滚滚无绝。与刚才略有差别的是,现在已不是笛催雷鸣,而是雷和笛吟。

与雷声相伴的是,天际不停耀动着龙蛇般的闪电,紫白的电光,正无情地撕开黝黑的云幕。

从山坳向郡兵身后开阔处望去,西边原本被乌云笼盖的下半部天空,已被不停闪耀的电光透射成一种惨淡的苍白,正在大地邻接的上方如水波般动荡不已。

雷声震野,电光激荡,在神鬼莫测的天地异变面前,火云山山坳中无论兵匪,无论人兽,这些素来敬畏天地神明的生灵,全都如木雕泥塑一般,不敢有丝毫异动。

此时这些人才终于明白,为何刚才还凶狠无比的猛兽,现在却如膜拜神灵一般匍匐在地,一动不动。

与大多数人在心中忙着虔诚祷告不同,曾与张小言同行的那几人心中,却正如翻江倒海一般。因为,他们脑海之中,全都不约而同冒出了一个似乎无比荒唐的念头:"这些催风化雨、震慑万兽、裹挟雷霆的神咒龙吟,难道、难道真是那个少年所奏?"

鲍楚雄、林旭、张云儿等人心中,忽又回响起那个小姑娘热切的话语:"哥哥最拿手的,就是吹笛啦!"

电闪雷鸣之中,南海郡郡都尉最先醒悟过来。

"惭愧!不过正是得道多助。这次鲍某如若活着回去,必将那焦贼人头一起带回。"鲍楚雄这句低沉嘶哑的话语,伴着天上滚滚雷声道出,让那个还在七八丈开外的金毛虎焦旺猛然打了一个冷战。

正当鲍楚雄要喝令手下军卒,越过呆滞不动的猛兽直接向林前匪众攻击之时,却听得耳边那段正自长鸣的吟啸,冷不丁竟戛然止住。

然后，便见满场傻愣愣的山兽如蒙大赦一般，朝四下落荒逃去。急急奔突之间，倒撞倒了好几个军卒。

这些逃窜的猛兽，大多朝山坡林中奔去，顿时又把林前那些没啥思想准备的山匪冲得七零八落。

除了这些倒霉的郡兵山匪，场中还有一人，也在这场突如其来的猛兽大逃亡中损失惨重，此人正是被林旭几人围在中心的巨汉。

他那头训练有素的狼骑，在笛啸终止之时，终于停住四足的震颤，重又恢复了活力，于是这头獒狼终于有力气将背上之人颠落尘埃，然后义无反顾地绝尘而去！

颇为可惜的是，巨汉的对手们却一时反应不及，加之要闪躲舍命冲撞突围的獒狼，因而并没能把握住这个绝好的机会。

等林旭、盛横唐醒悟过来时，这个摔得灰头土脸的巨汉，已如一座小山般重新站在他们面前。

不过，现在这个大风寨山匪的主心骨，手中已没了能放火的赤焰葫芦，光凭他的武勇，在人数仍然占优、犹有余勇可贾的郡兵面前，已不足为惧。他被生擒或被斩杀，只是迟早的事。

那些坏事做尽的匪徒，目睹眼前电闪雷鸣的骇人景况，不免回忆起从前长辈唠叨过的神鬼报应典故。虽然那些陈芝麻烂谷子的故事，刀头舔血的亡命之徒们早已多年没想起过，但此时那些故事却极不合时宜地蹦到眼前，并且种种恐怖场景都那样栩栩如生！

疑神疑鬼、内心恐惧的匪徒，经那逃窜的猛兽一冲，已真正变成了一群乌合之众。

这场一波三折的战斗，胜券似又重新掌握在了得天襄助的剿匪军卒手中。

第十八章
仗剑从云，光耀三军旗鼓

见到己方危势已解，鲍楚雄立即着手安排反击。

一声令下，立时有十多个军卒替下盛横唐三人，开始围攻那个会使法术的巨汉。盛横唐这三位天师宗法师，则立即退到阵后，专心绘制必要的符箓。毕竟，以剑御敌，并非天师宗众所长。

经得刚才一番战火燎天，人兽相搏，虽然声势颇为吓人，但郡兵死伤其实并不严重。

虽然那些猛兽来势汹汹，但这些官兵绝非赤手空拳的普通人可比，个个训练有素，又有利刃坚盾在手。这种情况下不幸被猛兽撕咬致死之人，也就寥寥无几了。况且，那场真正能带来灭顶之灾的大火，又被突如其来的及时雨一顿猛浇，现在只剩下几缕青烟，再也成不了气候。

因而，虽然现在南海郡郡兵队形散乱不堪，受伤者也不少，但整支队伍并未伤筋动骨，待鲍楚雄一声令下，这些已憋了一肚子怒火的郡兵，便开始对密林前的匪兵发起全面攻击。

面对官兵迅猛的攻势，那些早已腿肚子转筋的大风寨匪人，连逃的时间都没有，只好各操兵刃死命抵抗。

临到性命攸关之时,这些自知血债累累的亡命匪徒,不知从身体哪块儿又冒出一股邪劲,一番拼命抵挡,居然将如潮水般的官兵攻势堪堪挡了下来!

火云山剿匪战事,已进入短兵相接的胶着状态。不过,在人数占优又发狠攻打的郡兵面前,大风寨匪贼全面崩溃已成定局。

盛横唐几人已经绘制好必要的攻击符箓,正在寻机往那个蓝面巨汉身上招呼。

只不过,长相粗豪的长身巨汉,对这几位会使符咒的法师竟似一直暗中防备,从不肯在一处停留,只将他那柄宣花重斧舞得如疯如狂,一路奔窜,专往人堆里扎。郡兵虽然人多势众,但在巨汉势如疯虎的攻击下,反而施展不开手脚,只好任他在人群里左冲右突,一时竟拿他没办法。

见此情形,盛横唐几人倒也不便施用符箓。毕竟,现在巨汉专往人多处挤,所过之处又都被他搅得一团糟,可不比揭阳军营那块专门空出来的校场。万一符咒失了准头,又或被那巨汉做了啥手脚,误伤了官兵,反倒不美。

不过,盛横唐他们也不怎么着急。因为貌憨实智的巨汉虽然压迫得他们不能下手,但毕竟这保命法子消耗极大,除非他是巨灵神转世,否则按这架势下去,恐怕撑不了多久。到了力竭之时,这头猛虎也就走到他的末路了。

隐藏在火云山上空云阵后的雷音仍在滚动低吼,就像是永不停歇的战鼓,催动着这些地上的生灵彼此生死争锋。应和着天上的雷鼓,地上的喊杀之声震天动地,矛刃锋牙噬吮而出的鲜血,正将脚下这片本就赤赭如火的土地,遍染上一层诡艳的猩红。西天不停闪耀的惨白电光,更把剧烈动荡的血色土地映得如同鬼域魔宫。

不过,这样有如炼狱般的惨烈战斗,似乎并未持续多久。那些负隅顽抗的匪寇,已渐渐抵挡不住,开始在郡兵的刀枪下成片倒下。

对大多匪徒而言,即使现在有心逃窜,他们身后遁入林中的后路也不复存在了。

不知不觉间,兵匪之间已是犬牙交错,大半匪徒身后的林木前已悄悄换成了刀枪并举的军卒!

也许只有在这时,才能显示出正规军卒与乌合之众的真正差别来。不用上司劳神大声吆喝铺排,这些郡兵便非常默契地结队组伍,将匪徒分割包围。每个或大或小的包围圈中,全都保持着对匪人的人数优势。因而,虽然这些悍匪靠着对死亡的恐惧,尽力展示着最后的疯狂,但瞧这架势,满手血腥的大风寨群盗离他们最后的覆没,也只有一步之遥了。

这样的情形,自然也落在大风寨寨主眼中。杀人如同戏耍、内心早已麻木不仁的金毛虎,第一次被浑身寒彻入骨的浓重恐惧包围:"难道今天便是我焦旺的死期? 不,不会的! 我还要再撑一会儿!"

让鲍楚雄颇感奇怪的是,眼前显然大势已去的著名匪首,也不知被啥邪念支撑着,手中那柄乱舞的狼牙棒,竟一刻都没有放缓的苗头。

虽然对他恨之入骨,但同为武人的鲍楚雄,也不得不佩服焦旺这份坚韧劲儿。

战阵之后,盛横唐说道:"罢了,我等已不必再施放符箓了。就让官兵处置那巨汉吧。"

场中巨汉横冲直撞的势头已经减缓不少,脚下步履颇露蹒跚之态,显见已是气力不济。这时盛横唐等人若是有心对付,自然不费吹灰之力。不过,现在巨汉正是虎落平阳,已不必再劳他们动手。若此时出手攻击,倒落下个乘人之危、暗中偷袭的话柄,这自是天师宗弟子不屑为之的。

就在所有郡兵、天师宗弟子都觉得大事已定之时,忽听得头顶上一直低

低鸣响的闷雷猛然大作，一连串巨大的雷声震天动地，似要将众人脚下的土地整个掀翻起来。不过，这样的异响只持续了片刻，雷声便又恢复了低沉的腔调。

就在这时，擅使火符的天师宗弟子林旭突然讶声叫道："咦？怎么突然变得如此清凉?!"

原来，在刚才的声声雷震之中，一瞬间林旭突然感觉到一种爽然若失的清凉之意，一直在火云山徘徊的炎炎火气，刹那间竟消失得无影无踪！要知道，火云山特有的炎气，即使在之前那样猛烈的暴雨之中，也只是稍稍减弱一两分而已！

就在林旭惊讶出声不久，战场中所有人基本上都感觉到了身周天地间的这一变化。只不过，这样的天变与先前的暴雨不同，对战局并没太大影响。

暑气一去，浑身爽快，郡兵攻得更猛；凉气一来，头脑清醒了许多，匪兵抵抗得更勤。两下一抵消，并没像先前那样出现此消彼长的局面。

只不过，在这些人当中，却有几人面露喜色。那个正自勉力冲突的巨汉感受到身周空气的变化，嘴角忽露出一丝笑意，他身上似又凭空长出几分力气，又恢复了初时所向披靡的气势。

另外一个喜上眉梢之人，则是那个一直奋力抵抗的金毛虎焦旺。和他交手的郡都尉鲍楚雄，还从没见过像他这样将垂死挣扎进行得这般出神入化的家伙。

而现在，焦旺更似是捞到了一根救命稻草，心中大喜若狂："厉门主果然成功了！就快来救我们了吧?"

此念一转，这个一直不肯乖乖受死的悍匪更是精神大振，手中狼牙棒一阵胡乱挥舞，倒把因左臂受伤使不出全力的鲍楚雄，生生逼退了两步！

正当鲍楚雄和天师宗几人心中狐疑之时，耳中忽听得一阵尖厉的呼啸，正从高耸的火云山山顶传来。抬眼觑去，发觉在高高的火云山上，正有一溜红光，如流星赶月般朝山下这边猛扑而来！

在低暗的云天下，这道疾速飞驰的火焰分外显眼，似一条分开层层云雾的愤怒火龙，将一路阻挡自己的林叶掀向两旁。

等再近些，天师宗诸人看得分明，那道飞奔而来的火光，原来是一头疾速奔腾的金钱豹，豹上端坐一人，背后披风正腾出条条火焰，被迎面而来的山风一掀，火焰披风便高高飘起，将势如奔雷的豹骑变成了一条迅猛疾驰的火龙。骑豹之人手上擎着一把宝剑，宝剑同样也正吞吐着丝丝鲜红的火焰。

"不好，真正的妖人来了！"林旭首先反应过来，立即祭起他的爆炎飞剑，直朝那飞奔而来的豹骑激射而去。

见火符飞剑电射而来，豹上之人却夷然无惧，只将手中烈焰之剑在面前略旋了个圈儿，便将飞来的符剑轻轻粘连在剑尖之上。

林旭还没从震惊中反应过来，便见自己那把符剑已被骑豹怪人拨射而回，朝自己这边破空射来。

目睹剑光飞来，林旭也颇为敏捷，赶紧朝旁一躲，然后便听轰然一声，再去看时，身后三四丈开外的那棵大树已被他的爆炎飞剑炸成漫天木屑。

这一声气势惊人的爆响，终于惊动了整个胶着的战场。几乎所有人，都看到了那匹火焰豹骑的到来。顿时，焦旺与手下群匪，尽皆大声欢呼起来："厉门主！厉门主！"

挟风带火而来的厉门主，似乎对大风寨群匪有着巨大的影响力。见他到来，战场中原本已是强弩之末的匪众，一下子沸腾起来。斗志重燃的匪寇，竟然朝周围的官兵反攻而去！

林旭刚才放出的那道符剑，丝毫没能阻挡豹骑的迅猛来势。转眼间，厉门主便已突入战场,手中剑、背后披风、胯下豹骑,正组合成一条肆虐无忌的火龙,在战场中横冲直撞,如入无人之境。

火龙暴突之处,郡兵尽皆退避不迭,丝毫兴不起对抗之心,就连骁勇的郡都尉鲍楚雄,在豹骑经过身周之时,也不自觉地退避三舍,不敢撄其锋芒。

在对方这样所向披靡的纵横冲撞下,南海郡郡兵苦心经营的对敌分割包围之势,瞬即便告瓦解!

眨眼之间,厉门主就驱散了围困那个蓝面巨汉的郡兵,两人汇合一处,一起傲视着战场中胆战心寒的官府军卒。

直到这时,南海郡众人才终于有暇看清匪人口中的厉门主的长相:赤发白面,隼目鹰鼻,颧骨高耸,棱角生硬;苍白的脸颊与脖项上,绘着三四朵形状奇特的血红火焰,被火光一照,这些火纹宛若活物,分外诡异。和他旁边的蓝面巨汉一样,厉门主也甚为高大,罩一身皂色裙甲,两耳各挂一只杯口粗的金环。

瞧这怪异的长相和打扮,这两人显然都非普通人。

那个蓝面巨汉喘息几下,然后便开口说话:"门主,那物事,到手了?"

"嗯。"厉门主苍白的脸上流露出一丝喜色。

"摩兄弟,你呢?"

"我没事。不过我曾见这军中有面崭新的朱雀旗,然后便又不见了。"

"哦?"听到"朱雀"二字,厉门主眉毛不禁一跳。

"属下以为,刚才那暴雨,还有头顶雷声,恐怕都有古怪。这人能呼风唤雨,又专躲在暗处,恐怕不易对付。门主要小心。"

素不多言的摩护法,竟一连串说出好几句话,显见是非常忌惮。

见此情形,素来心高气傲的厉门主心中也是暗暗警惕,不过口中却道:"这个我自然晓得,赤岸不必替我担心。我厉阳牙行事向来谨慎,岂会为小人所乘？"

原来，这两人中，白面隼目之人名叫厉阳牙，蓝面巨汉呼作摩赤岸，都是大有来历之人。听他俩这番对答，显是为火云山中某样重要物事而来，而且现在已经得手。

剿匪诸人见妖匪气焰大张，林旭、鲍楚雄几人顿时心急如焚。

"擒贼先擒王。如今之计，只有用符阵对付他了！"

见横空而来的厉门主法力高强，寻常符箓怕是不起作用，林旭等人立即决定合几人之力，用天师宗威力强大的符阵对付他。

此时，林旭、盛横唐、张云儿几位法师，都已避在兵阵之后，前面兵士重重阻隔，将他们严密保护起来。在法力高强的妖人面前，恐怕也只有这几位天师宗的法师，才能和他们一争高低了。

对于符阵，天师宗三位同门之间已是非常默契。顷刻之间，便有六张符箓乘风扶摇而起，瞬即飞至火焰豹骑上空，其中五张符箓排成五星形状，围着中间那张符箓回旋不止，发出或红或白的毫光。

摩姓巨汉法宝已失，见这几张符箓来者不善，立即跳避到一旁。厉阳牙则毫不退让，只默运法力，将剑器与披风上的火焰催得更旺。

转瞬之间，不住盘旋的五星符箓，便在林旭、盛横唐的呼喝声中，化作一圈寒光烁烁的五角冰环，寒光闪耀的冰环上竟跳动燃灼着千百道鲜明的火焰。

见到冷热相随、冰火相生的奇景，场中所有人都屏住了呼吸，紧张地观看着这场难得一见的斗法。这场斗法孰优孰劣，将直接关系己方是胜是败、是生是死！

就在火焰冰环盘旋几圈之后，忽听张云儿娇喝一声："缚！"

话音刚落，那张处在垓心的符箓瞬时便化作千万点青色的光华，如丝雨飞入花丛,消融到周围那圈寒冰火焰中去了。顿时,火焰冰环上激发出千万道火焰冰气,红白相间,如藤蔓鬼手一般,张牙舞爪地朝厉阳牙奔腾而去!

面对这样古怪的符阵,厉阳牙不敢怠慢,已用火焰将豹骑团团裹住。千万条气势汹汹的冰火触手,一碰到厉阳牙身周的护身火团,就再也进不得分毫。

天师宗的冰焰,与厉阳牙那团妖火,开始两相争拒起来。

在此紧要关头,林旭、盛横唐、张云儿三人都神色凝重,口中不停念诵着神秘的咒语,催动十数丈开外那个冰焰天牢缚魔阵。

在他们细密的咒语声中,符阵中千百条散发着诡异色泽的冰焰触手开始逐渐向眼前的火团进逼。

半寸、一寸、两寸……在冰焰能蚀骨化魂的侵袭之下,渐渐地,厉阳牙那团护身火焰便有些势微,被逼迫得不住向内退缩。

不一会儿工夫,就在郡兵欣喜、匪众惊惧的目光中,那一人一豹已被冰焰光团牢牢裹缚在其中。在慢慢收缩的光团之外,仍有千万道鲜红透明的冰焰触手,在空中不停地飘摇摆动,散发出绚烂的冰火神光。

看来,豹骑上的白脸法师,已经抵挡不住天师宗的神妙符阵,说不定就快要形神俱灭了。

就在鲍楚雄喜形于色,焦旺、摩赤岸面如死灰之时,却忽听轰的一声,那个正在不停裹缚收缩的冰焰光团猛然炸开,碎成千万点缤纷的光雨,朝四下飞溅而去,退避不及之人,被灼得发出骇人的惨叫!

在光团崩裂之处,正有一道耀目的红光从厉阳牙怀中冲天而起,直透云霄。在晦暗的云天下,这道赤红的光柱如此灿烂夺目,直让人不可直视。

这一切,都发生在电光石火之间,等众人反应过来,这道红色光柱已经消失无影。

阵后正在全力施为的林旭几人，在光团爆裂、红光冲天之时，胸口如遭重石捶击，惨叫一声，齐齐吐出一大口鲜血。

侥幸化险为夷的厉阳牙，想着刚才的凶险，惊怒非常，立即便和摩赤岸一起呼喝着大风寨匪徒，朝官军这边冲杀而来。

本来厉阳牙那有如火龙一般的豹骑，官军便已抵挡不住，现在这条火龙还被触了逆鳞，更是凶猛异常，在战场中纵横冲突，所向披靡，瞬即便瓦解了郡兵仅有的几处抵抗。

打到这时，鲍楚雄麾下这一拨剿匪郡军，终于斗志全消，帜歪戈倒，开始朝后溃逃。

在乱军之中，斗法失败后暂时丧失行动能力的三位天师宗弟子，也被郡兵和门众或拽或扶，一起裹挟着逃离战场，朝西边的来路溃败而去。

见官军溃退，焦旺自是不肯放过乘人之危的机会，极力聚拢起手下一帮亡命之徒，跟在郡兵后面衔尾追击。他心中打的是这样的如意算盘："趁着厉门主法力之威，这次一定要把鲍楚雄打怕，下次他就再也不敢来打搅自己的生意了……这可是过了这村就没这店的买卖，这次定要做牢做实！"

心中越想越美，焦旺口中便更加卖力地吆喝起来："弟兄们，这次一定要杀出我们大风寨好汉的威风，杀得这些不知死活的家伙不敢再来！"

听得他这一番鼓动，大风寨这群惯于捞好处的亡命之徒，立马狂呼鬼叫起来，跟在焦旺后面就往前猛冲。

不过，包括他们寨主在内，这些还有劲头追击的贼徒，在刚才的战斗中消耗甚大，饶是心中琢磨着要奋勇追敌，可脚下还是有些不听使唤。再加上刚才战斗中已经被官军杀得死伤过半，因此，虽然这群贼寇群情激愤，喊杀声震天响，但其实只有五六十人稀稀拉拉地跟在焦旺后面往前冲。听了他们震天响的喊杀恐吓声，再看看与之大不相称的追击速度，实在让人觉得这些匪徒口齿间的气力,要远远胜过足下。

不过追兵乏力,官兵们也好不到哪儿去,因此这两拨人的头尾,竟勉强能够接上。

就在焦旺精神头十足地率众追击之时,厉阳牙、摩赤岸二人见官军败退,反倒没有冲在最前。

这两人刚才一合计,总觉得与其让人在暗中算计,不如现在就借势逼他现身,明刀明枪地干上一仗,无论是胜是败,总之得要个说法。否则,以后这人一定阴魂不散,反而麻烦得紧。

不过,虽然打定主意要穷追猛打,但交换一下意见之后,这哥俩一致认定,暗中之人甚是棘手,实在不能轻举妄动。最稳妥之计,还是让这些似乎斗志昂扬的匪兵打头阵,他俩只要在后压阵,静观其变就是了。

略过这二人独自筹划不提,再说正两相追逃的匪寇官兵。不到半炷香工夫,这两拨人便行出有三四里之遥。

正追击间,追得正欢的匪首焦旺忽然有些奇怪地发现,前面那片如潮水般退却的败军渐渐放慢了步伐,好像又想要重新聚拢阵形。

"真是些不知死活的蠢货!刚才那一阵还没被烧够?!"正当焦旺且骂且喜、奋力加快步伐之时,跟在他后面不远处的一个匪徒,猛然就见冲在最前面的焦头领毫无征兆地咕咚一声栽倒在地,然后就顺着惯势叽里咕噜朝前滚去!

"焦头领是不是被石头绊倒了?"

刚刚得出这个符合常识的解释,匪兵就觉得有些不对劲,焦头领硬邦邦的身体,就像一根不知弯曲的直木椽子,正在布满碎石的野地里朝前翻滚而去,好像丝毫不觉痛楚。

正当左近匪徒觉得头领这一跤跌得诡异之时,这个似滚地葫芦一般的

金毛虎已然滚到了一匹白马马蹄之下。

　　视线上移，此刻所有追击之人，全都清楚地看到，在渐渐拢住阵形的郡兵之前，正有一人一马，如同海潮过后露出水面的礁岩，傲然挺立在战阵之前！

　　端坐在雪色白马上的人，浑身上下都笼罩在绚烂夺目的明黄光焰之中，远远望去，如同金甲神人一般。千万道辉煌的光焰，蒸腾炫耀，如燃金霞，霞焰吞吐之间，又似与西边天际正不停闪耀的电光遥遥相应，就好似眼前整个昏黑的天地，都在霞耀电激之中震荡晃耀起来。

　　"咚！"已有几名匪徒在这样的电光激荡中目眩神迷，一时竟毫无知觉地瘫倒于尘泥之中……

第十九章
九天雷落，引动八荒风雨

等被匪寇追得再靠近些，失魂落魄的郡兵才发现，原来浑身金光的神仙不是别人，正是先前替他们绘制避火符的上清宫四海堂堂主张小言！

直到此时，不少人才想起，在刚才那场丢尽颜面的战斗中，似乎一直都没见到这位上清宫小道士的身影。不过对这些人来说，现在也不及细想前因后果，只要知道笼罩在满眼金光之中的是自己这方之人，落荒而逃的郡兵就已渐渐安定下心神，不自觉便放慢了逃跑的步伐，开始收拢起队形来。

一会儿工夫，这些原本散乱不堪的南海郡军卒就已列阵于小言身后。那面倒了很久的水蓝玄鸟飘金旗也被重新举起，威风凛凛地飘扬在当前主将身后。

被匪寇追击的郡兵能这么快重整旗鼓，自有其原因。这些郡兵虽然执刀戴甲，其实也还算是普通民众。他们平日虽然也会略略接触些神鬼奇异之事，但只能算是略知皮毛。及至这两日，亲眼见到小言等人的高妙道行，才第一次晓得，这世上原来还真有与神仙相类的人物。

于是，将这两日所有匪夷所思之事略作整理后，这些官兵便得出一个结论：身上能发光冒火的法师，才真的厉害！

瞧瞧上清宫四海堂堂主身上,现在正霞光万道,瑞气千条,不是传说中的神仙祥瑞还是什么?!

立即,这些郡兵胆气又豪,重新燃起奋力一搏的希望。看两名怪人和大风寨匪人穷追不舍的态势,也只有放手一搏,才可能捡条性命回去;何况,现在又找到了一个看来挺坚实的靠山,就更要和那些妖匪斗上一斗了!

不过,对小言这身鼓舞士气的霞彩,被一名军卒扶着的盛横唐却是神色惊诧万分,似乎不能相信自己所见:"上清宫秘技大光明盾? 他刚才又去哪儿了?"

想想这两日中这名上清宫堂主的表现,盛横唐越来越觉得谦和的小言深不可测。

当然,盛横唐最后这个疑问,倒是很好回答。小言刚才自然是躲在僻静处吹奏神曲。

自拿起玉笛神雪,神色谦恭的小言就如同换了一个人,变得肃穆端洁,神采灵逸,似乎整个人都与晶莹圆润的玉笛融为一体。

微一动念,平时隐匿无踪的太华道力便立即流转全身。

他流水般奏出行云布雨的《风水引》,火色的天空便开始风云变幻,转眼间就已阴霾满天,云阵如墨,漫天都充盈着一片云情雨意。未等引来的天水掉落,他又借势奏响四渎神咒《水龙吟》。顷刻间,天地激荡,雷大震,雨暴注。

声声龙吟奔腾飞起之处,傲立在滂沱大雨中的小言,似乎已全然忘记所在,浑不知身周天地间的剧变。恍惚间,小言觉得自己已化成一条苍色的巨龙,正摇首摆尾遨游在墨色云涛之中,摧风云千里,挟雷霆万钧,雨流云乱,云蒸雨降,纷纷纭纭,仿佛整个乾坤天地间,只剩下自己鳞爪飞扬……

正当他神思飘忽,似随威灵神妙的笛音在浩渺天穹中追云逐电、横奔雷行之时，却忽见身下的万里云涛突然裂开一个大口，奔涌出一股强大无俦的引力，要将自己巨大的鳞躯朝裂口中吸去！

突遭此袭，小言猛然惊悟，记起自己原来的所在。只不过，虽然云中神龙的幻觉已经消失，但拼力吞噬自己的黑色巨口却仍是洞开如旧！

"不好！太华道力尽矣！"有过一次经验的小言，立即便明白了自己当前的处境。原本均匀流转在身体之中的太华道力，现在似已不受自己控制，全都朝那管闪着幽光的玉笛涌去，转换成声声惊魂动魄的水龙啸吟。

"难道这《水龙吟》的曲子，每次都一定要奏完？"小言似乎已经看到自己脸上那丝无奈的苦笑。声声啸吟中，自己整个身躯似已变成一片无助的秋叶，飘飘荡荡，离巨口越来越近。此刻，似乎他身周整个天地都已消失，只剩下无边无际的黑暗。浓重的墨色中，小言仿佛已看到一只只恶毒的眼睛，听到一声声凄厉的鬼嚎……

"我正在堕入九幽之中吧？"浑身传来的剧烈撕痛，反倒让小言保留着一丝难得的清醒。但闪过这丝念头之后，他心中便再也拼不出一句完整的话语，整个心神魂魄正在被凄迷的黑暗渐渐吞噬……

成功让剿匪郡兵免于火焚惨祸的小言，自己却堕入了万劫不复的深渊。在他身旁专心守护的琼容，却对眼前正发生着的灾难毫无所知。

就在苦难的身心近似寂灭之时，猛然间，一道金色的灵光闪电般横过无边的黑暗，将已沉积了万年的混沌瞬间撕裂！禁锢心魂的黑暗立即化成千万块残破的碎片，向四面八方飞散开去。小言好像突然走出了幽闭自己的铁桶，重又回归到清明的人间。此时他的心神已感觉不出什么是光、什么是暗，只觉得一抹太阳般的亲切微笑正温暖着自己整个身心……

沉沦的魂灵得救之后，小言彻底清醒过来，记起刚才刹那间发生的所有事情。那道奇异的金色灵光闪过他心头之后，便有一股熟悉的力量从背后猛然冲来,汩汩然如浪潮般涌入他已如空竹一般的身躯,与此同时,那首似已停不下来的《水龙吟》,也终于戛然而止。

不仅如此,在充沛道力流水般涌入身体之时,隐约间,小言似乎竟有了感受到这股流水源头的念头!

奇异的感觉无法言表,但小言的直觉告诉他,此事绝对非比寻常。反应迅捷的他立即寂灭了所有尘思俗虑,只在那儿静静地凝想,紧紧抓住稍纵即逝的微妙感觉。这样奇妙的沟通,直到外来的太华道力不再涌入才停止。

"这便是清溟前辈所说的'感应'?"一想到自己很可能已窥得驭剑诀一些真谛,小言便激动不已!

"真是神剑啊!哈!那青蚨居的章朝奉,还真有不识货的时候!不过……好像我也是。呵!"

"哥哥,你在笑什么呢?不吹笛子了吗?"

现在雨已停止,一直忙着虚劈雨柱雨点的琼容,已很难再找到劈砍对象。这时她才发现,哥哥那首一直连奏着的曲子已经结束,哥哥脸上还挂着灿烂的笑容,便仰着脸好奇地发问。

"呵!我突然想到一件很好笑的事,等回去再告诉你!不吹笛子了,已经结束了。"

"嗯!我也正好结束了!"

"呃?你结束啥?"

"我练刀法呢!现在练完了。"

"哦,这样啊。琼容真乖。我们现在就再去打坏人吧!"

小言放心不下那边的战局。

"好啊!"

"那我们上马!"

小言正要挪动脚步，却无比郁闷地发现，自己浑身酸痛无力，简直寸步难移！想来应是方才的神曲耗完了自己全部精力。

最后，还是在琼容纤弱肩膀死命顶扶之下，刚刚呼风唤雨的法师小言才勉强蹭上了马背。见哥哥上了马，琼容也拽着马尾巴，哧溜一下跃坐到哥哥背后。

"我让白马慢些走，估计到了山坳处，我的气力便能恢复。驾！"打定主意之后，筋酥骨软的小言便使出全身气力，牵了牵马缰绳，吆喝一声，预备策马慢慢向前。

谁知，现在不仅仅是他浑身无力，胯下这匹白马飞雪似乎也是四足发软，难以向前。现在已不是前进快慢的问题了，根本就是举步维艰！

见到这种状况，小言才想起来，刚才那首震慑万兽的《水龙吟》，应对这匹神骏的白马也起了不小的作用。

"'作法自毙'，是不是说的就是我？"

进三步退两步的白马，驮着胡思乱想的小言如蜗牛般朝着喊杀正酣的火云山山坳中挪去……

在不到五六丈远的行程中，小言完整目睹了厉阳牙介入郡兵剿匪战斗的整个过程。

小言看到厉阳牙宛如火神天降一样自火云山山顶冲下，又似流星般地没入喊杀阵阵的火云山山坳。然后，便瞧见远处本来只冒着些青烟的战场突然又腾起冲天的火光。不久，他便听到顺风传来的惨叫声更加稠密，火光也更加旺盛。不消说，郡兵的处境一定不妙。

"罢了！如今之计，只能试试我这太华版的噬魂了。"

救过自己两次性命的疑似噬魂之技，现已是浑身无力的小言唯一可以依靠之术了。

"马兄，能再快点吗？"马鞍上的小言心急如焚。

只可惜，还没等他到达战场，就等来了郡兵的溃败。

在他正前方，正有一群狼狈不堪的郡兵，倒拖着刀枪，像一群没头苍蝇般朝自己这边涌来。

"罢了，看来大势已去。"

点点郡兵人数，只有百来人，连当初的一半都不到，看来死伤颇为惨重。

正在懊恼事不可为的小言，突然想到一个迫在眉睫的危机，便赶紧叫道："琼容，快快下马！只管往后跑，别被人踩倒！"

"嗯！"背后猛然一松，小丫头已应声溜下马去，原本正倚靠着她的小言倒差点朝后仰倒。

略正了正身形，小言便驱使太华道力，提前发动近来在上清宫中学来的旭耀煊华诀，让自己整个身形罩上一层光亮。

施术之余，这位上清宫少年堂主还不忘大声吆喝："各位军爷脚下仔细，千万别撞到！"

小言现下担心的主要是此事。在山匪追击下慌不择路的郡兵，若撞到这匹马上，不仅他可能人仰马翻，这些郡兵恐怕也会接二连三地倒上一批。如此紧要关头要是摔倒在地，后果实在不堪设想。

只不过，让小言没想到的是，自己情急之下拿来作指示用的光明术，竟带来了意想不到的效果。充沛的太华道力，让旭耀煊华诀的千万条光焰气势惊人，竟让这群郡兵重新鼓舞起战意，在小言这匹蹄酥足软的白马之后重又集结成阵。

那些正忙于追击的山匪，也差不多生出同样的判断，被光焰晃晕几人之后，那些匪人开始朝同样身带焰苗的厉阳牙身后避去。而他们的首领金毛虎焦旺，则已再没这个机会。

小言对这个冲到近前的家伙自然毫不客气,抬手就是一个冰心结,将他瞬间冻翻在地!

现在,匪兵之间正以小言、厉阳牙二人为分界线,中间空出一大片野地,只横七竖八躺着几名倒霉的山匪。

瞧眼前的架势,小言立即便明白了此刻自己的角色——现在他已是两军阵前交锋的主将,南海郡军兵的主心骨!

如此情势下,"不如我们继续逃"之类的建议,是万万不适合说出口的。

无论如何,今日他必须拿下这一阵。

受伤不轻的郡都尉鲍楚雄,已在亲兵的扶持下,一瘸一拐地凑近,又跟小言说了一下刚才那场败战中的大致情势。虽然只是简短的几句话,已可让小言更加真切地感受到刚才战况的惨烈。

"今日若想让南海郡兵活着回去,必须击败这个厉姓人物!"

小言已明白对面那个赤发门主,便是今日这场战事的关键。

当即,决心已下的临时主将小言朝对面大喝一声:"咄!你这邪徒,为何要助匪作恶?"

"哼,你这好人,为何要趁火打劫?!"回敬一句的厉阳牙,两眼死死盯住小言身后旗帜上栩栩如生的朱雀图案,眼中似乎要冒出火来!

"呃?难道此人已知我用《水龙吟》暗助官兵之事?厉害厉害!"

小言心下佩服,口中却不知再怎么往下接话。对面赤发白面的骑豹怪客厉阳牙一时也不作声,只冷冷地朝这边看。

正有些尴尬,小言突然惊喜地发现,自己身上的气力,竟不知何时又重新恢复!

现在他只觉得身上气力充足,就像酣睡刚起时那般沛然充溢。活动手脚之余,心中不免有些疑惑:"难道又是神剑相助?"

两军交锋之际，一时也不及细想缘由。现在浑身气力恢复，小言觉得自己又多了几分把握，正是胆气更豪，张口便朝对面断喝一声："你何不过来一战！"

若不是胯下这匹战马疲软，他早就催马冲上前了，现在也只好等那怪人主动来攻。

"门主，小心那厮使诡计！"见对面的小言突然手舞足蹈，巨汉摩赤岸立即便觉得头皮一阵发麻，赶紧提醒门主小心提防。

"哼，我当然不会上当！"

头顶天空中闷闷的雷声，还在不知疲倦地滚动，听在小言耳中，就似是催促出击的战鼓。

"那就出击吧！"

片刻前刚在鬼门关走过一遭，小言现在真有些将生死置之度外的感觉。

就在他心中动念，准备抬手拔剑之时，却忽听得赫然一声清啸，还没等他反应过来，背后鞘中之剑就已在空中划过一道犀利的弧线，将剑柄恰恰放到满脸愕然的小言手中！

一瞧这情景，对面噤若寒蝉，自己这边士气大涨，突出阵前的厉阳牙则更是暗自警惕。

"咦？难道现在我已能与这把剑心意相通？"

虽然心中惊喜，但可不敢在这时继续试练什么飞剑之术。紧要当口，还是把剑抓在手心比较牢靠。

在所有人紧张的注目下，只见执剑在手的小言头也不回地说道："琼容，你还在马后吧？"

"嘻……"背后传来一串尴尬的笑声。

"那你现在帮我在马屁股上扎一刀，然后就躲开。"

"好!"小丫头听得哥哥指令,立即毫不犹豫地执行,扬手挥起明光闪闪的短刀,朝马屁股上就是一戳。只听唏溜溜一声嘶叫,这匹屁股被戳了一刀的白马立即便向前蹿了出去。

勉强前冲的疲软战马,冲到离厉阳牙还有两丈多远处,终于被脚下昏迷匪人的身躯绊到,一声哀鸣之后便侧摔在了尘埃之中。

就在琼容见状掩口惊呼之时,却见她的堂主哥哥,早已在白马倒地之前冲天而起,借着奔马的惯势,在半空中朝厉阳牙飞去,一如扑击猎物的鹰隼。

这次,是小言头一回主动攻击如此可怕的强敌,结果是胜是败,是生是死,他完全不知。

不过,虽然小言做出视死如归般鲁莽的攻击,但他也不甘就此轻易送死。值此生死一线之际,不用刻意思索,小言就已本能地将自己真正最娴熟、最强大的法术运转全身。

浩荡沛然的太华道力振荡全身,小言整个的心神都已进入"有心无为"之境。

于是,在这片荒野上所有人的屏气注目之中,浑身神焰耀映的小言,凌空虚步,无翼而飞,一往无前地击射而去,那把高高扬起的古剑,正泛着奇异的神光,似乎也在兴奋地低低嘶吼。

在这一刻,那雷声、那闪电、那低沉的云霾,似乎都已被人忘却,整个天地中,似乎只剩下这人、这剑、这道绚烂的神光。

这道剑光所指之人,则发现前方似有座大山正朝自己飞来,极天无地,避无可避!大骇之下,厉阳牙赶紧将手中之剑朝前奋力一掷,意图阻上一阻。

"哧——"只轻轻一响,这把刚才还在郡兵阵中肆虐的烈焰之剑,已如汹涌山洪奔腾而过后的一段朽木,被那把闪耀着电光的古剑轻轻斩成两截,仅在地上遗留下两道火焰。那把斩剑之剑，丝毫没受影响，依旧在小言头顶上方高傲地向后倾仰，仿佛要耐心等到真正斩击之时，才会优雅地落下。

没有什么能够阻挡。

仅仅不到两丈的距离，素来强横的厉阳牙却似乎已经历了一段久远的幽暗的抑郁的岁月。

就在那道迷离的剑光快要及身之时，如遭梦魇的厉门主才终于来得及飞离胯下豹骑，向后逃去。

"咔嚓嚓！"随着小言手中古剑挥落，一道似已等待很久的闪电，挟着一声暴烈的雷鸣，在剑光落处倏然闪现出自己张牙舞爪的身形。

耀目的龙蛇之形通天彻地，让人看不清这道突然闪耀的幽紫电光，究竟是落自九霄神府，还是升自地狱幽冥……

等被强光闪盲的双眼恢复过来，众人才发现那头面目狰狞的凶猛豹骑已不见踪影，空中正扬扬洒洒地落下一阵奇怪的黑色粉末……

第二十章
霞刃飞天，横杀气而独往

跃马横空、九天雷落、剑底飞避、烟灭灰飞，这前后一连串的事件，实际上只发生在电光石火之间。

但就是这样的瞬间所见，已让在场所有人产生一种错觉，都觉得方才自己已经饱看了一场惊心动魄的生死大战。

厉阳牙那头凶猛豹骑已在雷霆之下化成飞灰。空中扬扬洒洒着的黑色齑粉，提醒着在场诸人：方才这一切，并不是自己的幻觉。

刚才的那些打打杀杀，在上清宫四海堂堂主张小言"驱雷役电"的手段面前，都似成了儿戏。火云山下茫茫旷野中，多数人已成了木雕泥塑，摒除所有杂念，眼中只剩下那道兀自向前飘飞的金色身影。

此时此刻，已入忘我之境的小言一击得手之后，灵台依旧无比纯净清明，并未分神刻意去想下一步该如何行事。金辉闪耀的身形微一沾地，复又飘然而起，直直向厉阳牙躲避的方向飞扑而去！

小言剑锋所指之处的厉阳牙，也算好生了得，居然能在方才那记似乎避无可避的雷霆一击下，得暇保住一条性命。不过，虽然侥幸避开，但这位纵横南越蛮疆的铁血强豪，竟平生第一次在短兵相接中生出几分惧意。

闪躲中仍未忘眼观六路的厉阳牙,眼角余光无奈地捕捉到,那位半路杀出的神秘道士,如影随形一般,一击中的后飘然又至,饶是自己急切间逃得如此迅捷,那道耀映着金芒的剑光,眨眼间又已飞到离自己后脑勺不到三尺之处!

大骇之下,厉阳牙再也顾不得许多,赶紧从怀中掏出那对刚刚救过自己一命的宝刀,分掣手中,迅速返身迎敌。

这对霞气灼灼的短刀一出,厉阳牙身前立即红光大盛。

穷途末路之际,之前身经百战中积累的经验终于起到了关键作用。

面对深不可测的对手,厉阳牙反倒沉静下来,将手中那对奇异的短刀舞动得恰如两道盘空的赤电,而他身后烈火披风上的焰苗,也被催发得无比强劲。数百道飞蹿的火舌,直朝小言汹涌舔去。

面对厉阳牙强悍的反击,小言却似是一无所觉,他的整个身形已与手中之剑浑然一体,在厉阳牙身周左右不住搏击。实际上似已毫无杂念的小言,却在潜意识中清楚地感觉到,直面眼前汹涌的火浪剑光,若自己不顺应此刻奇妙的心境,恐怕立即便要死无葬身之地!

于是,极力反击的厉阳牙马上便发觉,那道围着自己打转的剑光,总在自己料想不到的地方出现。

神出鬼没的剑击,专拣厉阳牙抵挡不及的地方招呼,让他只来得及左推右挡,丝毫无暇反击。更奇怪的是,厉阳牙苦练而成的披风烈焰,始终不能燃及小言身躯,气势汹汹的焰苗,在快要舔舐上小言身躯时,总是被一股无形的力量挡住,再也不能前进分毫。

若此时还有谁能凑近细瞧,便会发现两人之间火焰与金辉交界处,正激荡流动着千万条肉眼几不可辨的细微电芒!

见自己法力武技俱都高强的门主,竟被小言怪异凌厉的攻势压迫得左支右绌,巨汉摩赤岸再也按捺不住,大吼一声,挥舞着巨硕的宣花重斧奔到近前,意图与厉阳牙前后夹击小言。

还没等他加入战团,便听得场中一声清脆的叫声:"不要打我哥哥!"

话音未落,拔足飞奔的摩赤岸便觉眼前一道寒光闪过,一惊之下,摩赤岸赶紧闪躲,一股凉气恰从自己鼻前划过。正当他惊惧之时,却见身前左边不远处,站着一个娇俏玲珑的小姑娘,正嘟着嘴仰头看着自己。

"谁家跑出的小女孩?快快躲开,小心被我斧头刮到!"一心救主的摩赤岸不及细想,好心提醒一句之后,便又转身挥斧,直冲小言砍去。但他只往前冲了一步,眼前一花,又是一道寒光冲自己飞来。

再次堪堪闪避过后,摩赤岸才终于瞧清楚,原来阻挡之人,不是别人,正是刚才那个小姑娘!

不用说,挡住摩赤岸去路之人,正是琼容。

刚才小姑娘在马屁股上戳了一刀之后,立即紧跟向前,在不远处立定,紧张地瞧着小言哥哥战斗。一见那个身形吓人的巨汉狂呼乱叫着冲过去,她便赶紧奔上前去替哥哥拦阻。

虽然眼前的巨汉跟自己一比,简直就像座巍峨的大山,手中那把重斧也显得巨硕无比,和自己手中这两把小刀根本就不成比例,但即便如此,小琼容仍是夷然无惧,毫不犹豫地冲上前去与他拼杀。

所有这一切,也都是眨眼间事。

后方军阵中的鲍楚雄等人,只留神看小言打斗,突见小姑娘打横冒出,竟要去阻挡凶神恶煞般的巨汉,一时俱都面如土色。只可惜众人和琼容相距甚远,即使有心冲去救她,也来不及了。

正当鲍楚雄、林旭等人嗒然若丧之际,却见粉红小衫、嫩黄发带的小姑娘并未丧身在巨汉重斧之下。不仅如此,小姑娘衣带飘飘,恰似穿花蛱蝶一

般上下翻飞,竟围着那巨汉不停地攻击起来!

小姑娘身姿如此轻盈,便似生着翅膀一样,只在摩赤岸身周飘飞。她手中那两把明光烁烁的短刀,顺着从空中向下的俯扑之势,正在向摩赤岸不停地击刺。她这灵动转折的身姿,一如……一如千鸟崖上常与她嬉戏的飞鸟!

被打横冒出的小姑娘缠住,摩赤岸自是大呼晦气。只不过,略经几个回合,摩赤岸便收起了轻视之心,更甭提啥怜娇惜弱的容情念头。不知从谁家跑出来捣乱的小姑娘,手中所执虽只是两把短短的刀刃,仿佛一下子便能被自己的重斧震飞,却不知怎的,总能绕开力能开山的巨斧,只管往自己头脸、脖项等要害之处刺击,来势之精准、角度之刁钻,好几次都把他吓出了一身冷汗!

如此一来,甭说解门主之厄,连自保都有些问题。这样的不利局面,立即让摩赤岸急得吼声连连,一把重斧舞得虎虎生风,恨不得将恼人的小姑娘立即逼退。

只可惜,琼容似乎已经找到了在千鸟崖上与飞鸟们嬉戏追逐的感觉,只管围着眼前这个想打哥哥的坏蛋上下扑击,并且越打越起劲。小丫头偷偷跟着小言哥哥下山,已经有好几日没跟崖上的鸟儿们玩耍了!

说起来,小言的琼容妹妹,恐怕真有些天赋异禀,于技击之事,竟是无师自通。面对摩赤岸的那把狂舞重斧,小姑娘可谓沾之即走,就似有高人指点一般——一击不中,就飘然而去,丝毫不让巨斧碰上自己分毫。然后,小丫头又在半空中匪夷所思地凭空转折回来,凌空扑击,继续将手中短刀直指摩赤岸要害部位。

更让摩赤岸觉得晦气的是,他手中巨斧舞得上下翻飞滚动,口中更是咆哮连连,势如疯虎,若是换了旁个女子,甭说对敌,光瞧他这副凶神恶煞的样子,便早就被吓得骨软筋酥了,但可惜的是,眼前这个小女孩似乎不知道啥

叫害怕,只管在那忙得不亦乐乎!更有几次,小丫头竟在自己去势已尽的斧刃尖上足尖轻点,借力而起,飞到半空中重新俯临扑击!

摩赤岸将巨斧玩命般地挥舞,却只有挥劈带起的罡风,将小丫头裙裳发带吹得荡荡飘飘。

看起来,初始一心要襄助哥哥的琼容,现在已有些沉浸在玩耍之中了!

看到巨汉在琼容逼迫下竟露出手忙脚乱的窘迫模样,鲍楚雄几人咋舌之余,心中不禁暗暗生出些惭愧之心。

天师宗的几位法师歇得这一阵,也渐渐缓过劲儿来,蹒跚着挪到阵前,为小言、琼容助阵。

虽然在半空中翻翻击刺的小女孩自己正乐此不疲,浑不觉有啥危险,但旁观的盛横唐几人却替常在生死一线间游走的小姑娘捏了一把冷汗。

待又略略恢复了一些,林旭、盛横唐几人便开始着紧绘画符咒,准备尽早解除小姑娘的"险境"。只是他们还未来得及出手,场中形势已变化陡生。

不知怎的,就见那个浑身裹在一团火焰红光中的厉阳牙突然一声惨叫,便似只断线风筝般,朝侧后方跌飞而去!

原来,小言在挥剑击打时,来到厉阳牙侧面,见他披风飞起,肋下露出好大一块空当。见此良机,小言当即便自然而然挥掌一击,拍在厉阳牙肋上。

小言本就力大,在打斗中近身挥出一掌,更是使足了吃奶的气力。这一掌当即让武力强横的厉门主在一片火焰激荡中哇的一声喷出一大口鲜血,整个身形都被劈得猛然飞了开去!

一击得手,小言便收手立住。

见大敌已败,小言心头一松,整个人似乎都虚脱倦怠起来,身上那层一直辉煌蒸腾的金焰,立即便暗淡下去,转眼间销匿于无形。

正以为大局已定之时,却不防倒飞出去的厉阳牙在万般艰难中,竟仍能聚起最后一丝气力,猛然将手中兵刃向小言站立之处奋力抛掷。两道红光便如两朵绚烂的赤霞,朝已经懈怠无力的小言飞射而来!

望着激射而至的夺命神兵,小言脑海中只来得及闪过最后一丝念头:"值了。"

第二十一章

须臾剑语，惊谁人之幽怀

霎时间，两把闪耀着血色霞光的利刃就似一对燃烧的火鸟，带着鲜红的焰华，直朝闪避不及的小言扑来……

"火鸟?!"

一阵眼花缭乱中，一道肉眼几乎看不清的红影唰的一声从半空中蹿过，似流星赶月一般。红影掠过之后，那两把正在风中肆虐呼啸的霞刃立即便不见了踪迹！

正闭目等着熬痛的小言，对瞬间发生的事体一无所知，还在那儿苦候："没这么慢吧? 咋还没来?"

"哇呀!"正等得不耐烦，一声预料中的惨叫终于延期传来。

"呃?"这声惨叫，声如杀猪，咋这么难听? 实在不像是自个儿叫唤出来的。

直到这时，气力耗尽的小言才觉得有些不对劲，赶紧睁眼观瞧。只见野草丛间，厉阳牙俯伏于地，一动不动，头脸处有一摊血迹，眼见是活不了了。不远处，像一座小丘一样横卧于地之人，正是那个身形高大的巨汉，现在他身上还燃着些火苗，冒出缕缕的青烟。瞧他躺卧的方位，想来应是刚才那声杀猪般惨叫的发声之源；看他兽裙上的火苗，大概是中了天师宗的烈火符。

"呼！这俩助匪为虐的家伙总算毙命了！"

……

"咦？刚才那两把飞刀呢？"这时小言才想起自己刚才闭目等死的事，心中不禁大疑。

正疑惑间，从旁忽地闪出一人，举着两把锋刃如水波般晃荡不已的鲜红短刀，仰脸跟自己说道："哥哥，原来这不是两只鸟儿！"

满脸笑容的献宝之人，不是琼容又能是谁？

过了这当儿，鲍楚雄一众郡兵终于反应过来，当即便发出一声呐喊，各操兵刃，如潮水般向那些怔怔呆呆的匪徒杀去！

见官兵杀来，那些匪徒才如梦初醒，赶紧举刀弄棒死命抵挡。虽然刚才被小言击杀厉阳牙的惊人架势吓得肝胆俱裂，但毕竟刀剑临头，这些悍匪又怎会束手待毙？

只可惜，此时南海郡官兵士气如虹，他们就如出柙猛虎，风卷残云般横扫了这些存着怯意的残匪！顿时，多日剿而不灭的大风寨匪徒，死的死，降的降，不多时便被官兵整肃一空，火云山下的野草中又多出数十具尸体。

被小言冻僵的巨盗猾匪金毛虎焦旺，也早就被恨他入骨的鲍楚雄一刀砍下了头颅！

不过，"兵者，凶器也"，饶是这样局势一边倒的收尾战斗，仍然是血腥无比。火云山的匪盗，大多是罪大恶极之徒，降与不降，对他们来说，也只是早死晚死的问题。因此，在人数占优的郡兵面前，常有悍不肯降的贼寇，需要郡兵合力才能击杀。

由于场面实在过于血腥，小言只好背对着杀场，将好奇的小姑娘挡在身前，不让她瞧见分毫。

直到此时，小言才有余暇，觉察到方才鼓荡自己全身的沛然道力已如退潮般全不见踪迹，蓦然充沛的气力，也不知流向了何方。现在他整个人都酸麻无力，经脉中更如空竹一般，只觉得整个身躯都飘飘荡荡无所凭依。

面对这般情势，再结合往日诸多怪事，小言已大略明白其中关键。上次在马蹄山上贸然吹奏《水龙吟》，这次再吹神曲解救郡兵之急，在自己并不深厚的太华道力中途耗光之时，两次跳出救场的，都应是自己这把已入鞘中的无名古剑。虽然，马蹄山那次，这把古剑还藏身在白石之中。

移动着酸软的手臂，勉强将琼容冒出的脑袋拨回，小言苦笑道："唉，剑兄啊，咋这样小气，也不将道力多借给我一会儿……"

"就不给！"小言话音刚落，蓦地他竟意外听到一声答话！这句仿佛就回响在耳边的应答，依稀就像个小女孩在那儿赌气撒娇，声调简直与龙宫公主灵漪儿一模一样！

"咦？琼容，刚才是你在答话吗？"

"没有呀！"正准备将脑袋再次偷偷探出的小丫头，以为自己又被哥哥发现了，赶紧悄悄往回缩了缩，讪讪答话。

"真的没说？就是那句'就不给'！"

"就不给？但我真的没说呀！也没想偷看哦！哥哥你想跟我要啥呢？"

"呃，还没想好。"心不在焉地胡乱答了一句，小言暗自忖道："唉，气力耗光，现在竟开始有些幻听了！"

就在他俩说话的工夫，剿灭残匪的战斗已经结束，郡兵们正忙着清理战场。

见大事已定，鲍楚雄赶紧朝小言这边赶来。现在气力比小言强不了多少的南海郡都尉，正有说不完的感谢话，要讲给不远千里赶来为揭阳百姓造福的上清宫张堂主听！

就在这时，却忽听得一阵喧嚷。鲍楚雄扭头一看，见五六名兵丁围在一起，似乎正在那儿拉扯着什么，还不时发出争执之声。

"这些不长进的家伙，又在那争战利品！"

原来，南海郡的郡兵，虽然作战时军纪还算严明，但一旦战斗结束，便习惯三五成群地搜寻战利品。

严格说来，按当时郡里的规矩，打扫战场所得战利品，都得上交州郡府库，作战士兵的犒赏则会由太守另行颁发。但南海郡兵丁们这样私分战利品的习惯，倒颇能助长士气，鲍楚雄也就乐得睁只眼闭只眼，并不与手下兵丁计较。

只不过，今天的情况却有些不同。这次郡兵伤亡惨重，多数人都在默默掩埋死去同伴的尸体，或者在安顿伤者，因此这阵争夺战利品的喧嚷声便显得格外突兀刺耳。

更何况，还有上清宫的高人在场，这些不知天高地厚的家伙就敢在他眼皮子底下哄抢财物，实在是不开眼至极！当即，鲍楚雄大为恼怒，立即掉转方向，朝那几个正争成一锅粥的家伙跑去。

待跑得近了些，鲍楚雄才瞧清楚，原来这几个兵丁正在争妖人身上的披风。

鲍都尉从人缝中看得分明，虽然妖人已被张小言劈死，但覆在背上的那袭烈火披风，却仍蒸腾着鲜红的焰气霞光。

如此一来，便是再蠢的家伙也看得出，这袭披风正是让人梦寐以求的宝物！鲍楚雄这才恍然大悟，明白了为啥这几个家伙这时还有争夺战利品的心思。

略过鲍楚雄开口训斥、那几个兵丁还不肯放手不提，再说小言。他现在虽然有气无力，但眼力耳力仍佳，听得这阵喧哗，很容易便搞清楚了是怎么

回事。瞧着那几个兵丁争夺披风的身影,上清宫四海堂堂主不禁叹道:"虎死留皮,也大致如此吧。"

"嗡!"

正在感慨的小言突然发觉背后鞘中之剑竟突然微微振动,剑鞘相击间,正发出低沉而清越的剑鸣。

"不对!"见这把奇剑无端振鸣,小言立即就觉得有些不对劲。略一思量,他便似有所悟:"呵! 也只可能是那处有古怪。"

只见一直像根木桩一样杵着的上清宫四海堂堂主,突然大声喝叫起来:"咄! 你们这些军卒,好生怠懒! 妖人明明为我所杀,尔等为何还要抢在我前面夺那宝物?!"

小言撇下小琼容,一边叫嚷,一边努力挪动步子,朝那群郡兵蹒跚走去。此时,他已拔剑在手。

见上清宫小道爷发怒,那群争得正欢的郡兵立马一哄而散,便连正自呵斥的郡都尉,也赶紧后退了几步。

"算你们识趣!"只见张小言满意地哼了一声,便又继续朝厉阳牙孤零零的尸体走去。

"哈哈! 果然还是嫩! 这次你便要栽在我手里!"这个凭空冒出的奇怪想法,竟发自厉阳牙那具看似已经了无生机的"尸体"!

他刚才虽被小言重击一掌,受伤颇重,但对他而言并无性命之虞。不过即便如此,他也知道,对上武力同样高超的法师,若是正面交手,今日无论如何他都讨不到好处。

因而,向来行事不羁的厉阳牙在被击飞之后,便心生一计,准备就着败势诈死,引诱对手来到近前,然后再趁对手毫无防备之时,暴起一击。以他现在聚起的气力,若对手被打中,不死也得重伤!

就在厉阳牙准备孤注一掷之际,他所信奉的大神似乎也乐意帮忙,如他所愿,少年道士果然眼馋他的披风,正在朝这边赶来。

就在厉阳牙暗暗蓄势,心中自觉得计之时,却渐渐发觉有些异样。刚才少年道士还在一路大嚷,现在却没了丝毫声息,更瘆人的是,原本官兵们打扫战场的响动声,现在也一下子归于沉寂。

暮色低垂的旷野中,只剩下呼呼的风声。诡异的静谧,让原本以为就快得手的厉阳牙觉出些不妙,他还没来得及有啥反应,便突觉有一冰冷之物,已轻轻抵在后颈:"请问阁下:是尸冷,还是剑冷?"

第二十二章
异宝奇珍，俱是必争之器

剑尖只是略略碰触后颈，却让厉阳牙觉得万般寒凉。剑触之处，便似有蚂蚁咬嚙，一种极不舒服的感觉瞬即传遍全身。那句谑笑话语过后，头顶处便已了无声息，但就在这片静默中，厉阳牙却还是汗毛倒竖，浑身的肌肉都霎时绷紧起来，但不再是要蓄势伤人，而只是利器及身时身体本能的反应。

在这样令人窒息的沉默中，这段时间变得分外漫长。万般紧张的厉阳牙过了好一会儿才发觉，后颈要害处那点瘆人的寒凉，不知何时已悄然撤去。

"罢了，原来这人并不想伤我。"到了这时，厉阳牙已是心神俱丧，再不敢兴丝毫反嚙之心。面对如此智勇双全的强敌，显然无论玩什么智谋都是徒劳。

于是，那些依小言手势大气都不敢出的郡兵，无比惊讶地看到，不远处那具张堂主隆重对待的"死尸"，竟突然翻身而起，浑若无事般出声说道："唉，还是剑冷。"

一听得这句赔笑答话，一脸淡然的小言心里顿时如释重负。

"为何要助纣为虐，阻挡官军剿匪？"语气依旧不温不火，不疾不徐。

"你是说这些山匪？不错，他们或许十恶不赦，但几个月来他们真心护我寻宝，我便当替他们消灾。仅此而已。"

听得这样奇怪的逻辑，小言一时倒有些错愕。

略一沉默，面对面站着的二人却几乎同声讶道：

"寻宝?!"

"剿匪?"

略一停顿，灰头土脸的厉阳牙便愤愤不平道："哼，你们这些人，最会假惺惺。分明是来夺宝，却总要找借口，我虽打不过你，却是不服！"

"这样啊……嗯，我只是奉师门之命襄助郡兵剿匪，其他的的确一无所知。阁下信也罢，不信也罢，就是这样。"小言说这话时，一脸睥睨傲然。若搁在这场战斗以前，年未弱冠的小言摆出这副面孔，林旭、鲍楚雄等人不免会觉得十分不协调，但此时，却没人觉得可笑，所有人都觉得，张堂主这副神情是如此合理自然。

显然，包括厉阳牙在内的所有人都不会知道，与强敌近在咫尺还一脸从容的小言，内里其实无比虚弱！

小言越是这般傲然，厉阳牙越是不敢作他想，只继续着刚才的话题："你们真的只是来剿匪？那你那面朱雀旗又作何解释？"

"朱雀旗?"回头看看军阵当头处那面正猎猎作响的朱雀大旗，小言仍是有些摸不着头脑，"那面大旗？它只是太守大人临行前赠的。有何不妥？"

"难道真不是来夺我宝物的?"

"当然不是！"

小言还是没弄明白眼前的厉阳牙在想什么，傲然道："朱雀乃上古四圣灵之一，为南方守护之神。哼，本道爷南来火云山剿匪，用此旗正是适宜。莫非阁下以为有何不妥？"说话时，小言故意将握剑之手紧了紧。这个动作

虽然细微,看似不露痕迹,但又如何能瞒得过厉阳牙?

厉阳牙慌忙接茬道:"罢了罢了,算是厉某想岔了。料想你也不会骗我这块案上的鱼肉。实不瞒道爷说,我祝融门素善勘察宝气,这次前来揭阳,正因几个月前见火云山上宝气冲天,云光红艳蒸腾,正是五行属火。算这星宿方位,应是传说中古南越国镇国宝器朱雀神刃即将出世。

"朱雀神刃乃是不世出的火系神器,我祝融门向崇火德,见此异宝出世,自然便要来寻。却不料,这神物果与一般法器不同,竟是灵性非凡,和厉某在火云山中捉了三个多月的迷藏,弄得我对这处山场所有犄角旮旯都了如指掌!"

开始时,祝融门门主厉阳牙还有些神情恹恹,但也不知他瞧见了啥,说到后半截,整个人竟重又变得容光焕发起来,直看得在他面前强自支撑的四海堂堂主张小言暗暗心惊不已。

此时旷野中,所有人都在静静关注着两人的对答,不敢有任何轻举妄动。

不过,这些人中,要除去在小言旁边不远处一直忙着把玩战利品的小姑娘琼容。

也不知这小丫头使了啥法子,她抢来的那对鲜红短刀,现在竟在她身周上下飞舞,流光点点,残影翩翩,像极了往日她在千鸟崖上与群鸟相嬉的光景。

这时厉阳牙继续说道:"只是,三月辛劳,寸功未得。直到今日,在你们与山匪战事正酣时,我才终于用本门异法收得这对神刃。"

说到这儿,厉门主便有些黯然,叹道:"唉,真是天意! 今日厉某方知,神物有灵,原是强求不来的。"

顺着厉阳牙的眼光略略一瞥,小言终于明白了他口中百般着紧的宝物是什么了。若按小言往日脾性，晓得此情后，定然会将琼容手中之物立即奉还。只不过判断过眼下情势，小言却另有打算。只听他淡淡说道："厉门主，得罪了。夺宝虽非我本意，但经得今日这场风波，我却不能再将宝物还给你了。"

"阁下这是哪里话！"一听这话的腔调，小言悬在嗓子眼儿的一颗心立刻又落回了肚里。现在，厉阳牙竟有些神采奕奕："天地有灵，物各有主，何况现在这对朱雀神刃，已自己寻得真正之主了！即使你要还我，它也不依。"

说到这儿，厉阳牙却又变得有些悻悻然："我说呢！怪不得三个多月来一直没结果，怎么今日就让我轻易得手了！"

随着这话，他背后那袭烈火披风上的焰苗朝外蹿出一两寸。

见厉阳牙懊恼，小言却是心情大好，晓得今日这场危机基本上已算过去了。

正庆幸间，却听厉阳牙突然大声说道："宝物虽不敢再觊觎，但另有一个不情之请，还望道爷能够应允！"

"请说。"

"恳请您准许这位姑娘跟我走！"巨掌手指之处，正是兀自玩耍、一无所知的琼容！

"啊？为什么要跟你走?！"

"我只是想请她加入祝融门。"一见小言神色不善，厉阳牙赶紧加快了语速，"并且，我想将门主之位，让给这位姑娘！"

已决心不管听到任何事都要面不改色的小言，听得厉阳牙这番话，还是不免有些动容。他还没来得及答话，便见眼前明显受伤不轻的厉阳牙，已经无比迅捷地蹿到琼容面前，弯腰低头，用尽可能和善的语调诚恳央求道："这个小妹妹，请做我们祝融门的掌门吧！"

只可惜，虽然厉阳牙无比真诚，但他面容本就苍白怪异，现在再涂上一层血污尘草,使得他所有改善形象的努力,产生了适得其反的效果。琼容立即便被吓得跑到小言身边,紧靠在哥哥身侧,紧张注视着这个面目狰狞、背后喷火的怪物——一门心思和神刃玩耍的小姑娘,已忘了这人的来历……而那对状若火鸟的神刃,也一路飞舞着跟她一起来到小言身后。

见未来的门主跑掉了,现任门主厉阳牙立即紧随其后,亦步亦趋地来到小言跟前,眼中闪动着狂热的光芒,低头向眼前的小姑娘继续游说道:"您能让朱雀神刃认主,便是普天下再合适不过的祝融门掌门! 我们祝融门,可是南越苗疆第一大派,您若当了门主,可真是威风至极!"

说到此处,厉阳牙挺胸抬头,昂首远望,却瞥见眼前的小姑娘还是无动于衷,只管扯着身旁小言的衣角,嘴唇紧咬,将小脑袋摇得像一只拨浪鼓。

见游说失败,厉阳牙也不气恼。此刻,他已完全忘了小言的存在,眼里只有他认为的转世火神琼容。略一思忖,厉阳牙便换了个腔调,耐心哄道:"我们那里可是很好玩哦! 有会飞的白蛇,能喷火的虫子,会唱歌的葫芦,很多美貌热情的少女,还有……"

求贤若渴的厉阳牙,越说越不靠谱,立即便被从中打断。只见小言揽着琼容的肩头,不悦道:"厉门主,你这样勉强可不行啊!"然后问琼容道:"琼容,你想跟这人去做祝融门的掌门吗?"

"不想!"小丫头不假思索地回答,清嫩的嗓音干脆利落。

"好,厉门主可曾听清? 此事就请不必再提了。既然今日之事大都源于误会,本堂主便不与你计较。请阁下速速离去。"

"可惜可惜……"见事不谐,厉阳牙无比惋惜。见他心有不甘的样子,小言暗暗心惊。

被小言勒令不得再纠缠的厉阳牙,并未立即依言离去,却又开口说道:"既然阁下无意伤我性命,那不知可否也放我兄弟一条生路?"

小言闻言大奇，不知厉阳牙在说些什么。只不过，他表面却仍然云淡风轻，含糊道："唔，佩服，门主果然见机快。那好吧。"

闻得赦令，厉阳牙赶紧转身朝后走去。在背后两人好奇的目光中，厉阳牙走到一余烟袅袅处，伸脚踢了踢，叫道："起来吧。再装也躲不过！"

话音刚落，那个自门主"不幸遇难"便一直倒地不起闭目若死的巨汉，此刻竟一骨碌爬起来，掸掸身上的火苗，竟似浑若无事，只在那里乐呵呵憨笑不已。

"我俩是老搭档了，呵呵！"见小言神色古怪，厉阳牙随口解释了一句。

然后，他又转身略略搜寻了一下，找到了被小言劈成两截的断剑，将接口处略略对好，口中念念有词，稍待片刻，只听厉阳牙大吼一声，挥手在剑身如流水般抚过，在众人无比惊奇的目光中，那把断剑竟又恢复如初，就好似从没被砍断过。看锋芒烁烁，火焰腾腾，就算刚从熔炉中重新锻炼出来，也没它这般滑溜光洁！

与周围其他信心满满的官兵不同，看厉阳牙露得这手，小言内里却是心惊胆战！

一待执剑在手，本应转身离去的厉阳牙，突然厉声发狠道："倒差点忘了问，阁下到底是何方神圣？！下这样狠手打我！有朝一日，我厉阳牙一定要再找回这场子！"

"呃……"瞧厉阳牙气势汹汹的凶狠模样，脱离市井不到半年的小言，第一反应便是要胡乱编个话搪塞过去。

只不过略一迟疑，小言已记起眼下周遭的环境，虽非艳阳高照，但也是众目睽睽。万般无奈下，他只好硬着头皮高声回道："本堂主，正是罗浮山上清宫门下张小言！"

"上清宫？什么堂主？"

"俗家弟子堂四海堂堂主!"

"呀!原来是上清宫的神仙。失敬失敬!原来我是败在上清宫四海堂堂主手下,也不算十分丢人!"

刚才还满脸不平之色的厉阳牙,立即换上一副笑颜,突然间心情大好。虽然,这个祝融门门主未必听说过"四海堂"三个字,却将这堂名说得顺溜无比。

"咦?厉兄为何前倨后恭?"

"张堂主这都不知?"

"嗯?"

"大丈夫能屈能伸啊!罗浮山上清宫,可不是我区区一个祝融门便能惹得起的,所以也只好将今日这仇撇过不记了!"勇悍非常的一门之主厉阳牙,现在这服软话说得都是如此自然,直把小言看得目瞪口呆。

厉阳牙却仍是浑若无事,笑道:"对了,张堂主,且不要太气恼,今日与官军对敌,我可未曾下狠手。那些被我伤及的兵丁,只是略中火毒,并无大碍,调养一些时日便好。"

听得这话,鲍楚雄等一众官兵尽皆松了一口气。

厉阳牙又拉过身旁小山般的巨汉,重点跟琼容姑娘介绍道:"咳咳,我这位兄弟姓摩名赤岸,是我们祝融门大护法。摩护法善能驱兽,无人能敌,人称'火灵兽神'……"

他话还没说完,却已被摩赤岸瓮声瓮气地打断:"惭愧!在张堂主面前,还提什么兽神!门主,咱们还是快走吧,别丢人啦。"

"那好!两位,咱们后会有期!"

话音未落,众人便觉眼前一花,只见一道火光冲天而起,然后祝融门二人就已踪迹全无!

惊愕间小言抬头往天上寻找,恰见暮色天空中一道红色的云光正朝西南方歪歪扭扭地飞去。

见厉阳牙被自己重创之后还有如此手段,小言只觉得后脑勺一阵发凉。只有无忧无虑的琼容,似是毫无知觉,见怪物走掉,又开始一心一意地和那两只"火鸟"玩耍起来。

这时,已走到近前的天师宗林旭忍不住嘀咕了一句:"可惜,让那两个妖人给跑了……"他这心直口快之言,只说到一半,就自觉不妥,赶紧噤声不言。

只不过林旭这话,小言已听得分明。看看天上那道淡淡的火影,他不禁苦笑道:"唉,有没有哪位好心人,扶着我坐下?"

硬撑到这时,他早已寸步难移。

扶着无力的小言坐到地上,林旭回想了一下今日战事,心有余悸之余,便难免有些脸红:初时的踌躇满志、顾盼自雄,现在想来却是如此荒唐。

其实,这也不能全怪献计的林旭。这一队行伍之中,出征时又有谁能预先想到,这样十拿九稳的战事,最后竟会打成这样。

想到这里,熟读兵书的天师宗门人林旭,看了一眼正盘坐地上闭目运气的小言,神色复杂地叹了一句:"唉,今日方知,恃人之不攻,不如恃己之不可攻……"

后人赋得《临江仙》一首,纪念这一次出人意料的大战:

月冷星沉埋剑处,

惊起旧国征鸿。

旌麾同向乱山丛,

雄戈连云寨,

霜刃吼天风。

弹剑长歌谁顾盼，

归燕几度帘栊。

翩翩忽忆旧颜容，

清笛吹北调，

冰枕梦南泓。

不知不觉间苍茫的暮色已完全笼盖大地。黑暗的天幕下，那座炎气退尽的火云山山顶，已燃起熊熊的大火，被官兵清理后的大风寨匪巢，正走向它应有的归宿。

从火云山脚下的旷野中远远望去，那把熊熊燃烧的烈火，便像一支冲天烧的巨大火炬，映红了远方半边的夜空。

众人脚下这块刚刚经历过一场血腥搏杀的土地，已完全掩没在凄迷的夜色中。此时正是鸟无声兮山寂寂，夜正长兮风淅淅，魂魄结兮天沉沉，鬼神聚兮云迷离……

无边无际的黑暗中，从郡兵口中传来了苍凉的葬歌：

战城南，死郭北，

野死不葬乌可食。

为我谓乌：

且为客豪！

野死谅不葬，

腐肉安能去子逃？

图书在版编目(CIP)数据

四海为仙3：剑啸火云山 / 管平潮著. —杭州：
浙江文艺出版社，2021.8
ISBN 978-7-5339-6537-2

Ⅰ.①四… Ⅱ.①管… Ⅲ.①长篇小说—中国—当代
Ⅳ.①I247.5

中国版本图书馆CIP数据核字（2021）第115400号

选题策划	关俊红
责任编辑	关俊红
营销编辑	宋佳音
封面设计	仙境 **WONDERLAND** Book design
版式设计	吴 瑕
封面绘图	谭明-ming
内文绘图	何故识君心
责任印制	张丽敏

四海为仙3：剑啸火云山

管平潮 著

出版	浙江文艺出版社
地址	杭州市体育场路347号
邮编	310006
电话	0571-85176953（总编办）
	0571-85152727（市场部）
制版	浙江新华图文制作有限公司
印刷	杭州杭新印务有限公司
开本	710毫米×1000毫米　1/16
字数	154千字
印张	12
插页	2
版次	2021年8月第1版
印次	2021年8月第1次印刷
书号	ISBN 978-7-5339-6537-2
定价	43.00元